암군귀환

精在歸還

약골귀환
精春歸還 9

초판 1쇄 인쇄일 2017년 4월 6일 | **초판 1쇄 발행일** 2017년 4월 10일

지은이 용우 | **펴낸이** 곽동현 | **담당편집 팀장** 이범수
편집부 신연제 이윤아 홍현주 김유진 조서영 임소담 정요한

펴낸곳 (주)조은세상 | **출판등록** 제 2002-23호
주소 경기도 연천군 미산면 청정로 1355
TEL 편집부 02)587-2966 | FAX 02)587-2922
e-mail bukdu@comics21c.co.kr

ⓒ용우 2016
ISBN 979-11-5832-956-3 | ISBN 979-11-5832-658-6(set) | 값 8,000원

용우 신무협 장편소설

ORIENTAL FANTASY STORY

암군귀환

暗君歸還

9

북두
(주)조은세상

CONTENTS

NEO ORIENTAL FANTASY STORY

暗君墨邀
精归 87 章

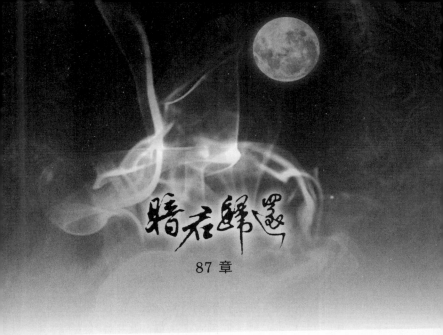

87 章

하남성에 자리한 소림사.

중원오악의 하나로 꼽히는 숭산에 자리를 잡은 소림의 위세는 굳이 말하지 않아도 될 정도다.

그런 소림에도 다른 문파들이 그러했듯 일월신교의 간자를 밝혀내는 일은 진행되었다.

그것은 소림 전체에 큰 충격을 주었다.

정도맹의 지원과 소림의 빠른 대처로 점차 혼란이 가라앉기 시작했지만 벌어진 틈은 쉽게 메워지지 않고 있었다.

"놈들이 진정 무림을 흔들려고 한다면 소림과 무당을 치려고 할 겁니다. 그 중에서도 신속하고 강한 충격을 주기 위해서라면 소림 이외의 선택지는 없을 겁니다."

차가운 백차강의 설명에 휘 역시 동의하며 고개를 끄덕
인다.

사마령의 죽음과 함께 암영 전체의 분위기가 가라앉아
있었다. 그러면서도 그 두 눈 만큼은 분노로 활활 타오른
다.

준비가 끝나자마자 바로 암문을 뛰쳐나와 북쪽으로 향한
것에는 다 이유가 있었다.

휘 역시 소림이라고 생각했으니까.

무림의 눈을 피해 움직여서 최고의 효과를 주기 위해선
소림보다 탁월한 선택지가 없다.

무당 역시 충격을 주기에 부족함이 없지만 빠르게, 은밀
하게 움직여야 한다는 조건 때문에라도 소림 이외의 선택
지가 있을 수 있을 리 없었다.

변방을 둘러 남하한다고 했을 때.

가장 먼저 만나게 되는 곳이 소림이니까.

"놈들의 목표는 소림이 될 수밖에 없을 거다. 시간적 여
유가 그리 많지가 않을 테니까."

"그래도 만약을 생각해야 하진 않겠습니까?"

백차강의 물음.

하지만 물어보는 백차강 조차 소림이 아닌 무당을 칠 것
이라곤 조금도 생각하지 않았다.

그저 의례적으로 물어본 것일 뿐.

"아니. 이쪽이 아니면 놈들에겐 선택지가 없어."

휘의 단호한 말에 모두가 고개를 끄덕이며 자리에서 일어선다. 휴식은 끝났다.

이젠 다시 움직이는 일만이 남았을 뿐.

"후우… 이제야 숨을 돌리겠군."

소림방장 혜명대사는 늦은 시간이 되어서야 자신의 방으로 돌아와 숨을 돌릴 수 있었다.

흔들리는 소림의 기강을 바로 잡고, 빈자리를 빠르게 채웠다.

일월신교란 막강한 적을 앞에 두고서 내부의 흔들림을 외부에 드러낸다는 것은 결코 쉬운 일이 아니다.

그렇기에 빠르게 혼란을 수습하기 위해 잠도 줄여가며 노력을 했고, 그 결과 소림은 빠르게 자리를 잡을 수 있었다.

이전과 다름없는 굳건한 숭산처럼 말이다.

"이제 남은 것은 일월신교 뿐이려나?"

내부의 걸림돌을 처리했으니 이젠 외부의 걸림돌을 치워야 할 때였다.

"그랬으면 좋겠는데…."

쓰게 웃는 혜명.

자정을 넘기기 전에 긴급하게 받은 소식.

일월신교에서 소림을 노리고 움직이고 있다는 것과 암문이 도움을 주기 위해 긴급히 움직이고 있다는 것.

암문의 움직임이야 그들이 하는 일에 대해 미리들은 바가 있기에 그렇다 치겠지만. 일월신교가 소림을 노린다는 것은 결코 좋은 일이 아니었다.

"철저히 준비를 하는 수밖에 없겠구나."

어차피 소림에서 할 수 있는 일은 하나다.

철저하게 준비하여 놈들을 맞이하는 것.

지금으로선 그것밖엔 할 수 있는 일이 없었다.

그때 밖에서 인기척과 함께 말소리가 들려온다.

"준비가 끝났습니다."

묵직한 저음이 밖에서 들려오자 혜명이 자리에서 일어선다.

짧은 휴식이 끝나고 다시 움직여야 하는 시간인 것이다.

밖으로 나가자 굵은 선을 가진 사내가 고개를 숙인다.

"사대금강을 포함한 백팔나한이 집결했습니다. 또한 팔대호원을 비롯한 정예무승들이 언제든 움직일 수 있도록 준비를 마쳤습니다."

"수고했다. 가자."

보고가 끝나기 무섭게 앞장서서 걷는 혜명대사.

대연무장에는 보고대로 백팔나한이 집결해 있었다. 이들을 제외한 무승은 대기 명령을 받기만 했을 뿐 집결을 명하진 않았다.

'일월신교 그들이 목숨을 버리고 달려든다면 차라리 본사에서도 최고의 정예로 그들을 맞이해, 불가피한 희생을 줄일 필요가 있다.'

그런 그의 의도에 의해 집결한 것이 백팔나한이다.

소림의 자랑이자 소림이 준비 할 수 있는 가장 강력한 패 중의 하나인 백팔나한이라면 충분히 일월신교의 계략을 물리칠 수 있을 것이다.

혜명대사는 그렇게 믿었다.

"후욱, 후욱!"

거칠게 숨을 쉬면서도 조금도 속도를 늦추지 않는 그들.

선두에 선 음마선인은 물론이고 가장 마지막에 서 있는 무인까지 누구하나 입 밖으로 이야기를 꺼내지 않는다.

그저 쉴 새 없이 달리다가 시간이 되면 눈에 띄지 않는 곳에서 앉아 잠시 휴식을 취하고, 다시 달린다.

지독하게 힘들고 또 힘들었지만 누구하나 떨어져 나가지 않았고.

마침내 다시 중원으로 들어 갈 수 있었다.

중원의 경계에서 음마선인은 처음으로 자신의 뒤에 늘어선 이백의 정예들에게 입을 열었다.

"이곳에서부턴 최대한 은밀하게 움직인다. 우리의 목표는… 소림이다."

소림이라는 말이 떨어지기 무섭게 눈을 번뜩이는 이들.

음마선인이 직접 뽑은 이백의 정예.

하나하나가 고수이지 않은 자들이 없었고, 누구하나 자신의 목숨을 아까워하는 자가 없었다.

오히려 신교의 영광을 위해서 자신의 목숨을 버릴 수 있다는 것에 기뻐하고 있었다.

오죽하면 이번 계획에 동참하지 못하는 자들이 크게 아쉬워 할 정도였다.

"목숨을 아끼지 마라. 우리의 목표는 무림의 혼돈. 소림을 박살내는 것이 가장 좋겠지만 현실적으로 불가능한 일이기도 하다. 그렇다면 방법은 하나지. 끔찍한 악몽을 안겨주는 것. 본교의 이름을 떠올리기만 해도 소스라치게 놀라도록 말이다. 알겠나?"

"명!"

일제히 고개 숙이며 답하는 그들을 보며 음마선인은 만족스런 얼굴로 고개를 끄덕이고선 앞으로 내달렸다.

"가자. 최대한 빠르고 은밀하게 소림의 지척까지 내달린다!"

파바밧!

음마선인을 필두로 한 일단의 무리가 빠른 속도로 소림을 향해 남하하기 시작했다.

소림이 자리하고 있는 숭산에서 가장 가까운 도시 등봉.

관도가 지나가는 길목이기도 하고, 소림사를 지척에 둔 곳이다 보니 자연스럽게 도시의 규모는 커졌고 지금에 와선 숭산 인근에서 가장 큰 규모를 자랑하고 있었다.

등봉 전체가 소림과 관련되어 먹고사는 도시라고 봐도 무방할 정도.

그런 등봉에 휘들이 먼저 도착해 자리를 잡았다.

"그럼."

휘들이 자리 잡은 객잔에 들러 지급으로 보내진 서찰을 건네고 사라지는 정도맹의 무인.

서찰은 신묘에게서 보내진 것이었다.

미리 모용혜가 이번 일과 관련하게 정도맹에 연락을 취했고, 신묘가 빠르게 손을 썼다.

그 결과가 이 서찰 안에 담겨 있었다.

다 읽은 서찰을 곁에 앉은 백차강에게 건넨다.

단숨에 읽어 내려간 백차강은 곧 다른 오영들에게 건넨다.

이젠 오영이 아닌 사영이 되어버렸지만.

사마령의 빈자리는 아직도 큰 상처로 남아 아물지 않고 있었다.

모두가 서찰을 읽은 듯하자 휘가 입을 열었다.

"신묘계선 아무래도 소림과 합류하여 일을 해결하시길 바라는 것 같지만 내 생각은 좀 다르다."

"놈들의 뒤통수를 칠 생각이십니까?"

백차강의 말에 휘는 곧장 고개를 끄덕였다.

휘의 말을 끝까지 듣지 않고서도 그의 생각을 유추해내는 백차강은 그야 말로 휘의 오른팔 그 자체였다.

"소림을 칠 놈들은 일월신교의 정예. 실력도 실력이겠지만 죽음을 두려워하지 않는 놈들로 구성되었을 것이 뻔해. 거기에 그 이상한 붉은 약까지 먹는다면 더 어려워지겠지."

"절망적이겠군요, 소림으로선."

"그래도 소림이다. 은거했던 자들이 다수 나왔을 뿐만 아니라 백팔나한을 중심으로 최정예가 고스란히 남았을 테니, 어떻게든 막아내기야 할 거다. 큰 타격을 입게 되겠지만."

"허면 아슬아슬 할 때까지 기다렸다가 들어갑니까? 놈들이 완전히 방심을 했을 때?"

백차강의 물음은 당연한 것이었다.

소림에 합류하지 않는다는 것부터 놈들의 힘이 빠지고,

방심했을 때 뒤통수를 치겠다는 뜻이었으니.

하지만 휘의 대답은 달랐다.

"우리끼리 처리한다."

"…예?"

"우리끼리 놈들을 상대한다."

휘는 반대로 놈들이 소림이 있는 숭산에 오르기 전에 놈들을 낚아채 먼저 상대할 생각이었다.

놈들의 힘이 멀쩡할 때 박살 내버리겠단 뜻.

"만만치 않을 겁니다. 적지 않은 희생이 있을 수도 있습니다."

백차강의 우회적인 표현.

그 뜻을 휘라고 왜 못 알아듣겠는가. 그렇기에 휘는 자신의 생각을 가감 없이 털어놓았다.

"이번 싸움은 외로워하고 있을 녀석에게 보내는 길동무다. 우리의 힘만으로 해낸다. 그게… 녀석이 바라는 것일 테니까."

"…준비하겠습니다."

휘의 말이 끝나고.

잠시 입을 열지 못하던 백차강이 결국 휘의 뜻을 따르겠다며 고개를 숙이고 자리에서 일어섰다.

다른 사람들 역시 마찬가지였다.

일월신교 놈들이 어떤 준비를 해왔든.

자신들의 손으로 보낼 것이다.

사마령의 곁으로.

숭산에서 멀지 않은 곳.

저 멀리 숭산의 끝자락이 보인다 싶은 그곳.

이름 없는 그 숲속에 음마선인을 비롯한 무인들이 거지 꼴로 조용히 스며들었다.

"이곳에서 휴식을 취한다."

털썩!

음마선인의 말이 떨어지기 무섭게 자리에 주저앉으며 휴식을 취하는 사람들.

얼굴 가득 지친 기색이 역력하지만 누구하나 포기하는 자가 없었다.

자신들이 하려는 일은 일월신교의 역사가 존재하는 한 길이길이 남을 대업이라는 것을 모두가 알고 있는 것이다.

그것을 위해서라면 이 까짓 것은 충분히 견딜 수 있었다.

신교 안에 무수히 많은 사람들 중에서도 뼛속 깊이까지 일월신교를 따르는 자들만이 이곳에 모였다. 그러니 이런 일 쯤은 당연한 것이었다.

"쉬면서 들어라. 이곳에서 소림까지 전력으로 달리면 일각 안으로 도착 할 수 있다. 적어도 거리상으로는."

그의 말처럼 이곳에서 전력으로 사람들의 눈을 피하지 않고 달린다면 이 자리에 있는 자들의 실력이라면 분명 일각 안으로 소림에 닿을 수 있었다.

물론 그 일각이라는 시간은 소림에서 아무런 제지를 하지 않았을 때의 이야기다.

드러내놓고 움직이는 적들을 두고 보고 있을 정도로 소림이 멍청하진 않았다.

"숭산까지 지금보다 더 기척을 감추고 이동한다. 이후 내 신호와 함께 일제히 소림을 향해 산을 오른다. 그 뒤는 각자 알아서 행동해도 좋다. 질문 있나?"

하지만 누구도 그에게 질문하지 않았다.

조용히 다가가 단숨에 덮친다.

요약하면 이것뿐인 작전인데 물어보고 자실 것이 무엇이 있겠는가? 심지어 살아 돌아가기 위한 작전도 아닌데 말이다.

그저 그들은 웃었다.

신성한 임무를 진행 할 때가 되었다면서.

"좋아. 정확히 일각을 쉬고 이동한다."

그 말을 끝으로 침묵에 잠긴다.

조용히 움직일 때를 기다리며.

숭산으로 가는 길목.

커다란 바위 위에 가부좌를 틀고 앉은 휘와 그 밑에서 사방을 점하고 호위를 서는 암영들.

스르륵.

그때 백차강의 앞으로 암영 하나가 모습을 드러내더니 보고를 시작한다.

"놈들을 찾았습니다. 현재 휴식을 취하는 중이며 곧 이동을 할 것으로 보입니다."

"들키지는 않았겠지?"

"최대한 들키지 않을 거리에서 발견했습니다. 그 어떤 실력을 지녔다 하더라도 알아차리지 못했을 것입니다."

"쉬어."

백차강의 말이 끝나자 조용히 사라지는 암영.

입을 열진 않았지만 코앞에서 나눈 대화기에 백차강은 따로 보고를 올리지 않았다.

휘 역시 전부 들었기에 따로 묻지 않았다.

그저 조용히 놈들이 오기를 기다렸다.

숭산을 정면에서 오를 것이 아니라면 이곳을 거쳐 가야 하기 때문에 굳이 움직일 필요가 없었다.

싸움의 때가 다가옴에도 누구하나 자리를 움직이지 않는다.

이미 준비는 끝났다.

남은 것은 놈들이 오기를 기다리면 될 뿐.

그렇게 기다리길 일각이 조금 넘었을 때였다.

스륵.

휘가 눈을 뜨며 먼 곳을 바라본다.

"오는군."

저 멀리 일월신교 무인들의 기척이 느껴지기 시작한다.

빠르게 움직이던 음마선인이 순간 움찔했지만 속도를 늦추진 않는다.

대신 뒤를 향해 소리쳤다.

"전방에 적이다. 아무래도 우릴 마중 나온 손님인 듯하니, 화끈하게 처리한 뒤 곧장 소림으로 향한다."

파앗!

말이 끝나기 무섭게 더욱 빠르게 달려 나가는 음마선인의 뒤를 수하들이 바짝 따라 붙는다.

그들의 몸에서 이제까지 드러나지 않던 마기가 폭발적으로 드러나기 시작했다.

피하는 기색 없이.

오히려 숨겨오던 기운을 드러내며 빠르게 달려드는 모습에서 휘는 만족했다.

'놈은… 없군.'

으득!

사마령을 죽인 놈의 모습은 보이질 않는다.

아니, 솔직히 말해서 이렇게 될 것이라 생각했다.

뜬금없이 놈들이 천탑상회에 모습을 드러낸 것부터 자신들을 유인해 내려는 수작일 거라 생각했으니까.

그럼에도 사마령의 죽음 때문에 움직이지 않을 수 없었다.

움직이지 않고선 도무지 풀리지 않을 것 같은 분노가 머리끝까지 치솟아 올랐으니까.

'누가 만든 것인지는 모르겠지만 보여주마. 우리의 진정한 능력을.'

그동안 일월신교의 눈치를 보느라 참아왔지만 이젠 아니었다.

암문의 진정한 힘을.

이젠 보여줄 때가 되었다.

스윽.

자리에서 일어서는 것과 동시 일대의 분위기가 바짝 조여진다. 어둠에 숨은 암영들 역시 명령만 떨어지면 뛰쳐나갈 준비를 마쳤다.

"오늘 이후. 제한은 두지 않는다. 자신이 가진 모든 능력을 마음껏 펼쳐라."

나직한 말소리가 모두의 귀에 또렷이 박히는 그 순간.

놈들이 날아들었다.

"쳐라!"

잠시도 아깝다는 듯 음마선인의 외침이 있고, 일월신교 무인들이 막대한 기운을 마기를 사방에 뿌리며 달려들었고.

암영들 역시 속속들이 모습을 드러내며 달려든다.

채챙! 챙!

사방에서 병장기가 섞여드는 소리가 울려 퍼지고.

휘 역시 음마선인을 향해 달려들었다.

이름은 알지만 얼굴을 알지 못하기에 음마선인이라곤 휘도 생각하지 못했다.

다만 저들 중에 가장 강한 실력을 가졌고, 암영들론 감당하기 어려울 것 같아 직접 나선 것뿐이었다.

결론만 놓고 본다면 아주 잘한 일이었다.

움직이는 것이 조금만 늦었어도 일을 치를 뻔했으니까.

"흥! 애송이 주제에!"

자신을 향해 달려드는 휘를 향해 비릿한 미소와 함께 품에서 붉게 물든 옥소(玉簫)를 꺼내든다.

그것을 확인하는 순간.

'음마선인이었구나!'

놈의 정체를 휘도 깨달았다.

다른 것은 몰라도 저 적혈옥소(赤血玉簫)라 불리는 음마선인의 독문병기는 알고 있었으니까.

음공(陰功)을 펼치는 무인을 상대하는 법은 딱 하나다.

어떻게든 상대가 음공을 펼치지 못하도록 하는 것.

일단 시작된 음공을 막는다는 것은 어지간한 능력으론 불가능한 일인 것이다.

그 실력이 강하면 강할수록 말이다.

"핫!"

기합과 함께 붉은 섬광과 함께 뻗어나가는 혈룡검!

쩌엉!

손바닥을 찌릿하게 만드는 고통과 함께 혈룡검과 적혈옥소가 부딪친다.

대체 어떻게 만들어진 것인지 옥소임에도 불구하고 혈룡검의 공격을 거뜬히 받아낸다.

거기서 멈추지 않고 휘는 연신 검을 휘둘렀다.

쩌정! 쩡!

틈을 주지 않고 공격을 해대는 통에 짜증이 날 법도 하건만 음마선인은 침착하게 휘의 공격을 전부 받아낸다.

'이놈이 그놈이로구나.'

그러면서 휘의 정체에 대해 파악했다.

"네놈이 본교의 방해꾼이라는 암문이란 쓰레기 집단의 머리로구나. 클클클!"

"흡!"

놈의 도발에도 휘는 쉬지 않고 검을 휘둘렀다.

그러면서도 점차 공격의 수위를 높여간다.

쩌정!

귀를 울리는 굉음과 서서히 늘어만 가는 내공의 양.

처음엔 두 사람의 주변으로 크게 영향을 주지 않았지만, 눈 깜짝할 사이에 둘을 중심으로 오장 안으로는 접근하는 것조차 무서울 정도로 큰 영향을 주고 있었다.

힘과 힘의 맞대결이나 마찬가지!

음공을 막아내기 위해 휘도 쉬지 않고 검을 휘두르며 내공으로 찍어 누르려고 했고, 음마선인 역시 굳이 위험을 감수하며 음공에 집착하지 않았다.

내공에도 충분한 자신감을 가지고 있기에 오히려 휘의 공격을 맞받아 칠 정도였다.

쩌적! 쩍!

쩡-!

휘의 검이 연신 날카로우면서도 묵직하게 옥소를 후려친다.

옥소 자체가 음공을 발휘하는 시발점이 되기에 휘로선 몸이 아닌 옥소를 노릴 수밖에 없었다.

'역시… 음마선인이라는 건가?'

연신 공격을 하곤 있지만 승기는 조금도 쥘 수 없었다.

오히려 너무나 편안하게 자신의 공격을 막아내는 통에 힘이 빠질 정도.

'암영들은?'

곁눈질로 주변을 살피자 암영들이 놈들을 잘 처리하고 있었다.

드러난 암영들은 정면에서 놈들을 상대하지만 그렇지 않은 암영들은 적극적으로 숨어서 놈들을 공격했다.

굳이 모습을 드러내어 정정당당하게 싸울 필요가 없는 것이다.

동료의 죽음 앞에서 암영들 역시 크게 분노하고 있었던 것인지 일월신교 무인들을 상대하는 모습은 잔혹하기까지 했다.

"클클, 제법 음공을 상대하는 방법을 아는구나. 하지만… 이젠 슬슬 어울려주는 것도 그만둬야 하겠구나."

휘가 주변을 살피듯 음마선인 역시 주변 상황을 살피고 있었다.

결코 좋지 않은 전황에 그가 본격적으로 나선 것이다.

"굳이 악기를 들지 않아도."

후욱!

숨을 들이쉬자 터질 듯 가슴이 부풀어 오르는 음마선인!

"음공을 펼칠 수 있어야만 진정한 음공 고수라 할 수 있는 법이지!"

놈이 무슨 짓을 하려고 하는지 깨닫는 순간 휘는 빠르게 뒤로 물러서며 혈룡검을 회수했다.

그 순간.

휘이이익!

음마선인의 입에서 날카로운 휘파람소리가 퍼져나가고.

내공이 잔뜩 실린 휘파람 소리가 주변에 큰 영향력을 발휘하려는 그 순간.

땅!

짧지만 강렬한 울림이 휘파람을 집어 삼킨다.

"호?"

의외라는 듯 눈을 빛내며 휘를 바라보는 음마선인.

휘는 그 짧은 순간 기지를 발휘하여 내공을 잔뜩 넣은 혈룡검을 검지로 두드린 것이다.

강렬한 내공의 울림이 사방에 울리며 음마선인의 공격을 상쇄해 낸 것이다.

"칫…!"

성공한 것과 달리 혀를 차는 휘.

음공을 전문으로 배운 것이 아닌데다, 급하게 하려다 보니 내공의 소모가 어마어마했다.

들인 내공에 비해 오히려 소득이 없는 것이나 마찬가지.

"제대로 해보자꾸나!"

이미 거리가 벌어져 버렸기에 음마선인은 지체 없이 적혈옥소에 입을 가져다 대고.

곧 사람을 홀리는 맑고, 투명한 옥소의 소리가 사방에

울리기 시작한다.

따땅! 땅!

노래의 시작과 함께 빠르게 검지와 중지를 번갈아가며 혈룡검의 검신을 두드리는 휘.

단숨에 단전의 내공이 훅 빨려나가지만 단숨에 빈자리를 채워가는 내공.

자신의 음공이 방해를 당했음에도 불구하고 음마선인은 여유롭기만 했다.

후우웅!

따당! 땅!

허공을 격하는 음공의 대결에 인근에서 싸움을 벌이던 이들이 휘말리며 피를 토하며 빠르게 영향권에서 벗어난다.

아니, 아예 거리를 멀찍이 벌리며 두 사람의 싸움에 휘말리지 않기 위해 자리를 옮기기 시작했다.

휘와 음마선인을 중심으로 십여 장 안으로 텅 비어 버리자.

기다렸다는 듯 음마선인이 음공의 강약을 조절하기 시작했다.

때론 강하게, 때론 약하게, 때론 빠르게.

음악이 가질 수 있는 기교란 기교는 전부 현란하게 보이면서도, 그 안에는 살의 가득한 날카로운 내공이 실려 있었다.

그러면 그럴수록 휘의 손놀림이 바빠진다.

땅! 따땅!

'이대로는 안 돼. 내공의 소모도 소모지만 이대로는 놈을 잡을 수 없어.'

음공으론 어떤 방법을 쓰더라도 음마선인을 잡을 수 없었다.

일월신교 내에서도 손에 꼽히는 고수가 음마선인이다.

심지어 그 정체가 알려지지 않을 정도로 비밀에 싸인 인물이라 휘도 알고 있는 것이 그리 많지 않았다.

전생에서도 풍문으로만 들었지 실제로 본 적이 없었을 정도이니.

'이기기 위해선 내 영역으로 끌어들여야 한다.'

복수를 위해 나선 싸움이지만 의외로 휘는 차갑고, 침착하게 행동하고 있었다.

아니, 그럴 수밖에 없었다.

정확히 따지자면 사마령을 죽인 것은 이놈들이 아니었으니까.

꿈에서도 잊혀지지 않는 얼굴이 있었다.

이름조차 알 수 없는 놈의 얼굴.

으드득!

이를 악무는 휘!

"그래, 여기서 멈춰서 있을 순 없지."

빠르게 혈룡검을 두드리며 중얼거리는 휘.

결심을 내리는 그 순간.

쿠오오오!

세 마리의 혈룡이 포효하며 휘의 몸을 벗어나 사방을 휘
젓기 시작한다.

暗骑在黑暗 88章

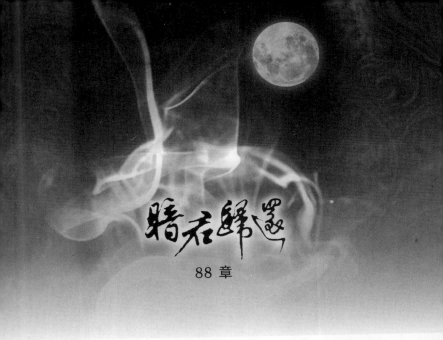

精在歸還

88 章

음공(陰功)은 오묘한 무공이다.

익히는 것이 어려운 것은 물론이고, 제대로 펼치기 위해선 반드시 막대한 내공을 필요로 한다.

예를 들어 같은 삼십년의 내공으로 같은 힘을 발휘한다고 할 때 음공의 위력이 훨씬 더 작은 것이다.

대신 깊은 내공을 가질 수만 있다면 음공은 천하에 적수를 찾기 어려울 정도로 막강한 무공으로 바뀐다.

음공 특유의 광범위한 공격은 물론이고, 한 사람에게 집중하여 공격하는 것도 가능해진다.

그 파괴력이란 두 말 할 것도 없고.

음마선인은 그런 조건을 아주 잘 갖춘 무인이었다.

보통 음공을 익힌 무인들이 접근전에 약한 것과 달리, 그는 접근전에서도 강한 모습을 보이는데다 중후한 내공을 바탕으로 펼치는 음공은 그야 말로 일품이었다.

덕분에 자신의 무공에 대해 절대적 자신감을 가지고 있는 음마선인이었지만.

지금 이 순간 무너져 내리고 있었다.

'빌어먹을!'

속으로 욕을 쏟아내면서도 입으로는 쉴 틈도 없이 옥소에 숨을 불어 넣는다.

광범위도 아니고 단 한사람에게 집중하고 있는 상황.

음마선인 정도 되는 실력자가 한 곳에 집중을 하게 되면 그 위력은 상상을 초월한다.

어지간한 실력자라 할지라도 단숨에 쓰러져야 하는 것이 정상이다. 적어도 음마선인의 상식선에선 말이다.

하지만.

따당! 땅!

쩌저적!

귀를 찌르는 저 기괴한 소리가 음마선인의 음공을 와해시킨다.

심지어 힘의 충돌로 인해 주변이 초토화되는 상황임에도 음마선인은 뒤로 물러설 수가 없었다.

지금 물러서면 돌이킬 수 없다는 것을 알기 때문이다.

'괴물이라고 하더니, 나조차 감당하기 어려운 건가! 이 나조차?!'

경악하는 그.

이미 풍문을 통해 놈이 괴물이라 불린다는 사실은 잘 알고 있었다.

하지만 자신이라면.

진짜 일월신교의 고수라 칭할 수 있는 자신이라면 놈을 충분히 죽일 수 있을 것이라고 생각했다.

특히 음공의 특성을 생각하면 어렵지 않은 일이었다.

그랬었는데 지금의 모습은 어떠한가?

자신의 음공을 어렵지 않게 파훼하는 것도 모자라, 이젠 놈의 몸에서 뿜어져 나온 기운이 주변을 조여 오고 있었다.

그야 말로 상상을 초월하는 내공!

'내가, 내가 이대로 포기 할 것 같으냐!'

후우웅—!

이를 악문 음마선인의 적혈옥소가 강하고 날카로운 소리를 토해내기 시작한다.

따다당! 땅!

쉴 틈도 없이 손가락으로 혈룡검을 두드리는 휘.

음공을 배운 적은 없으나 막대한 내공을 바탕으로 음마

선인의 공격을 파훼하고 있었다.

무식할 정도로 많은 내공을 필요로 하는 일이지만 큰 문제는 없었다.

어차피 남아도는 것이 내공이니까.

쿠오오오!

세 마리의 혈룡이 몸 밖으로 뛰쳐나와 온 사방을 헤집고 다닌다.

그러면 그럴수록 단전에서 솟구치는 내공의 양이 많아지고, 주변을 집어 삼킨다.

욱씬!

그렇다고 휘에게 아무런 부담이 없는 것은 아니었다.

과유불급이라고 했다.

과할 정도로 막대한 내공이 쏟아져 나오자 점차 몸이 신호를 보내기 시작한 것이다.

휘도 결코 무시 할 수 없는 신호.

만약 이대로 폭주라도 일으키는 날엔.

최악의 사태를 맞이할 수도 있었다.

'다행이 그렇게 까진 안 되겠지만, 조심해서 나쁠 것은 없겠지.'

세 마리의 혈룡들이 균형을 잡아주는 이상 폭주는 하지 않을 테지만, 또 모르는 일이지 않은가.

그렇기에 휘는 사방으로 뻗어나가는 기운들을 서서히 음

마선인에게 집중시키기 시작했다.

어차피 서로가 움직이기 힘든 상황이다.

겉으로는 아무렇지 않게 놈의 공격을 막아내는 것 같지만 휘도 전력을 다하고 있는 것이기에 움직일 수 없다.

이런 상황에서 놈을 압박 할 수 있는 것은 남아도는 내공으로 천천히 놈의 주변을 조여 가는 것이다.

그렇게 틈을 노리다, 빈틈이라도 발생한다면.

그 순간이 놈의 마지막이 될 것이다.

콰콰콱!

투확!

음마선인과 휘를 중심으로 어마어마한 싸움이 벌어지고 있는 그때 오영 아니 이젠 사영이 되어버린 네 사람은 바쁘게 움직이고 있었다.

확실히 소림에 제대로 한방을 먹이기 위해 구성했기 때문인지 놈들의 수준은 이제까지 상대했던 놈들과 전혀 달랐다.

개개인의 실력도 뛰어났지만 서로간의 호흡도 결코 떨어지지 않는 수준.

문제는 여기까지라면 암영들 역시 뒤지지 않는다는 것이다.

놈들의 실력이 대단하다고는 하지만 암영들 역시 뒤지지

않을 정도로 강한 실력과 특수한 몸을 지니지 않았던가.

그렇게 놈들을 일방적으로 밀어내려는 그 순간.

그것이 등장했다.

붉은 단환이 말이다.

"크오오오!"

그것을 먹은 놈들은 이전과 비교도 할 수 없는 힘을 발휘하기 시작했고, 속절없이 뒤로 밀려나야 했다.

방금 전까지 상대하던 자가 맞나 싶을 정도로 말이다.

"일대일의 승부는 피해라! 놈들이 약을 먹기 전에 처리하고, 먹은 뒤라면 옆의 동료와 힘을 합쳐라!"

백차강의 빠른 판단과 명령이 떨어지자 암영들의 움직임이 바뀌기 시작한다.

최대한 빠르게 놈들을 처리하려는 움직임에서 만약을 대비한 협력진을 구축하기 시작한 것이다.

그만큼 놈들이 먹는 약의 위력이 대단한 것이다.

짧은 시간에 놈들의 숫자를 많이 줄이긴 했지만, 반대로 암영들 적이 몇몇 희생을 치러야 했다.

"다친 놈들은 뒤로 빠져! 방해니까!"

거침없이 소리 지르며 전방에 서서 도를 휘두르는 연태수.

순간 그의 옆을 빠르게 스쳐 지나가는 화살!

쐐애액! 퍽!

태수의 빈틈을 노리고 달려들던 놈의 미간을 정확히 파고든다.

"방해야! 방해! 맞아도 난 몰라!"

비명과도 같은 소리를 내지르며 온 사방으로 화살을 날리는 화령의 뒤를 말없이 도마원이 든든하게 지키고 서 있는다.

암영 최고의 실력자인 사영이 쉬지 않고 사방을 돌아다니며 부족한 부분을 채워줌으로서 다행이 더 이상의 사상자는 늘어나지 않았다.

다치거나 해서 뒤로 빠지는 인원은 있었지만 그 정도는 문제 없었다.

뒤로 빠지는 만큼.

놈들의 숫자도 빠르게 줄어들고 있었으니까.

온 사방이 붉은 피로 물들고 코를 찌르는 혈향이 사방으로 번져나간다.

숭산에서 멀지 않은 곳에서 벌어지는 싸움이기에 싸움의 소식은 금세 본산으로 알려졌다.

"정체를 알 수 없는 무리라…."

"예!"

"혹 암문 무인들로 보이진 않더냐?"

"너무 치열한 싸움이라 가까이서 확인 할 수 없었습니다."

무승의 보고에 혜명대사는 고민에 빠져야 했다.

이미 맹으로부터 암문에서 소림으로 움직였다는 소식을 들은 상태였다.

'암문 무인들이 맞다면 어찌해야 하는가? 구하러 가야 하는 것인가?'

잠시 고민하던 혜명대사는 자신이 잘못 생각하고 있음을 금방 깨달을 수 있었다.

"내가 큰 실수를 저지를 뻔 했구나."

암문이 움직인 목적이 무엇이던가.

바로 일월신교를 제지하기 위해서가 아니었던가. 그랬던 그들이 싸우고 있는 중이라면 당연히 상대는 일월신교가 될 것이었다.

그것도 소림으로 향하고 있던 놈들 말이다.

"지금 즉시 백팔나한은 나를 따른다!"

"존명!"

혜명대사의 뒤편에 조용히 서 있던 백팔명의 무승들이 일제히 고개를 숙이며 답하고, 잠시 뒤 혜명대사를 선두로 그들이 소림을 빠져간다.

주륵―.

턱 선을 따라 흘러내리는 땀방울.

호흡이 딸리고 손가락이 쥐가 날 것 같지만 음마선인은

포기하지 않았다.

이미 자신이 익힌 무곡(武曲)을 몇 번이나 반복을 했는지 기억조차 나지 않을 정도였다.

내공과 호흡의 부족으로 인해 점차 창백해지는 그의 얼굴.

일월신교 내에서도 한손에 꼽을 수 있을 정도로 막대한 내공을 자랑하던 음마선인이었지만 휘 앞에선 도리가 없었다.

'괴물… 같은 놈!'

이젠 인정하지 않을 수 없었다.

놈이 괴물이라는 사실을.

게다가 어느 순간부터 자신이 끌고 왔던 수하들의 숫자가 빠른 속도로 줄어들기 시작했다.

비응단의 위력으로도 놈들을 처리하지 못한데다 반대로 약점만 보이고 말았다.

처음엔 막대한 힘을 발휘하지만 그 힘을 발휘 할 수 있는 시간이 길지 않다는 것을 깨닫자마자 놈들의 대응이 달라졌다는 것이 그 증거다.

'졌다. 이번 임무는… 실패다!'

으득!

인정하기 싫지만 인정해야 했다.

이번 임무가 실패로 끝났음을 말이다.

'하지만! 넌… 꼭 데려가고야 만다. 교의 앞날을 위해서라도!'

음마선인의 눈이 차갑게 빛난다.

음마선인이 무슨 생각을 하고 있던 휘는 놈의 공격을 이젠 능숙하게 막아내고 있었다.

혈룡검을 두드리는 것도 시간이 지나며 요령이 생겨 이전에 비해 내공의 소모가 확실히 줄어들었다.

'슬슬 눈에 보이는군.'

여기에 반복되는 놈의 음악에 점차 익숙해지고 있었다.

아직 음마선인 스스로 눈치 채지 못한 모양인데, 조금씩이지만 휘는 놈의 공격에 먼저 반응하여 대응하고 있었다.

제 아무래 대단한 무공이라 하더라도 몇 번이고 반복되면 결국 그 약점이나 움직임을 알 수밖에 없다.

물론 어지간한 천재가 아니고서야 쉽지 않은 일이지만 휘에겐 아무런 문제가 되지 않았다.

반대로 음마선인의 입장에선 환장할 일이지만.

'하나, 둘.'

투확!

'여기서 쉬고, 다시.'

투확!

자신의 생각대로 확실하게 대응을 할 수 있게 되자 휘는 웃었다.

그 미소를 보는 순간 음마선인은 깨달았다.

자신의 실수를.

'이런 제길…!'

하지만 때는 늦었다.

파앗!

숨을 들어 마시기 위해 잠시, 아주 잠시 쉬었다가 가는 그 순간을 놓치지 않고 휘가 달려들었다.

완벽하게 파악하지 않았다면 결코 할 수 없는 과감한 움직임.

"큭!"

이를 악문 음마선인이 재빨리 적혈옥소를 입에서 떼고 손에 쥔다.

그 순간.

쩌엉-!

팔이 날아갈 것 같은 강렬한 충격과 함께 뒤로 날아가는 그.

마지막 순간 뒤로 몸을 튕겼으니 다행이지 그렇지 않았다면 그대로 쓰러질 뻔했다.

찌릿, 찌릿!

번개라도 맞은 것 마냥 온 몸이 찌릿거리며 고통이 물밀듯 밀려오지만 그것을 제대로 느낄 틈도 없이 바닥을 굴러야 했다.

쩌저적!

어느새 날아드는 붉은 검강을 피해야 했으니까!

바닥을 세 바퀴를 구르며 피해낸 그의 얼굴엔 수치심으로 붉게 물들어 있었지만, 그렇다고 자신이 해야 할 일을 잊은 것은 아니었다.

쐐애애액!

찢어지는 소리와 함께 다시 날아드는 붉은 검강을 보며.

으득!

이를 악문 음마선인은 재빨리 품에 손을 넣어 비응단을 꺼냈다.

쩌엉!

굉음과 함께 튕겨나는 그.

"젠장!"

튕겨나는 순간 손에 쥐었던 비응단을 놓쳤다.

허무하게 뒤로 굴러가는 비응단을 줍기 위해 재빠르게 움직이는 그 순간.

쐐애액!

퍼억!

허공을 찢으며 날아든 화살이 비응단을 정확하게 꽂힌다!

"흥!"

화령이었다.

"이런 개…!"

쩌저정!

쩡!

욕을 내뱉기도 전에 어느새 가까이 접근해 검을 휘두르는 휘를 보며 다급히 적혈옥소로 몸을 보호하는 음마선인.

꿍음과 함께 연신 뒤로 물러서지만.

휘 역시 이번 기회를 놓치지 않겠다는 듯 빠르고, 강하게 놈을 압박하기 시작했다.

음마선인으로선 비응단을 손에서 놓친 것이 뼈저리게 안타까운 순간이었다.

개량을 거듭하여 만드는데 들어가는 자금을 많이 줄였다곤 하지만 아직 대량으로 공급하진 못하는 실정이라 개인당 하나씩만 지급되었었다.

음마선인이라고 해서 다를 것은 없었기에 사실상 마지막 기회가 날아간 것이나 마찬가지인 셈이다.

그 짧은 순간 싸움에 끼어든 화령의 공이었다.

"아직, 아직이다! 아직 할 수 있…!"

"죽어."

어떻게든 발악을 해보려는 그 순간.

차가운 휘의 음성과 함께 혈룡검이 허공에 붉은 선을 그린다.

쩌어억!

툭, 데구르르.

푸화악–!

놈의 목이 떨어지고, 그 자리에서 분수처럼 솟구치는 피.

음마선인의 죽음과 거의 동시 놈을 따라왔던 일월신교 무인들의 정리도 끝을 보이기 시작했다.

"수고하셨습니다."

화령이 가장 먼저 다가와 고개를 숙인다.

"수고했다. 그리고 잘했어."

오랜만에 듣는 휘의 창찬에 얼굴을 붉히는 화령.

정작 휘는 그 말을 끝으로 그녀를 보지 않고 멀리서 느껴지는 강렬한 기척에 고개를 돌렸다.

"생각보다 소림의 반응이 나쁘진 않네."

"예? 아…."

그제야 그녀도 멀리서 다가오는 일단의 무리를 알아차릴 수 있었다.

"놈을 잡았어야 하는 건데."

아쉬운 듯 놈의 얼굴을 떠올리며 휘는 이를 악물었다.

"확실히… 쉬운 놈은 아니로군."

음마선인의 죽음과 함께 태경은 곧장 몸을 돌렸다.

휘조차 태경이 싸움을 지켜보고 있었다는 것을 느끼지

못할 정도로 그는 은밀하게 움직이고 있었다.

아니, 당연한 일이었다.

일월신교의 무인 누구도 교주를 제외하곤 알아차릴 수 없을 정도로 은밀하게 수행하고 있었으니까.

여기에 제 아무리 휘라 하더라도 싸움 도중에 태경 정도의 실력자의 은신을 눈치 채는 것은 어려운 일이었다.

싸움이 끝나는 순간 몸을 뺐기 때문에 더더욱 그러했고.

"이대로 그냥 둘 수는 없을 것 같은데… 어쩐다?"

고민해보지만 답이 없었다.

제일 좋은 방법은 자신이 나서는 것이지만 주인인 교주에게 허락을 받지 못한 이상 그럴 수도 없었다.

"일단은 보고가 먼저겠지."

혀를 차며 태경이 몸을 날린다.

❖

뜨겁고 붉은.

방금 전까지 세차게 뛰었을 심장을 손에 쥔 장양운은 익숙한 듯 그것을 입으로 가져간다.

와직!

단숨에 씹어 삼키고서 뒤돌아서는 그.

어두운 밀실 안에 가득한 시신들.

하나 같이 심장을 꿰뚫린 그들의 몸에서 흘러나온 피로 밀실은 어지러울 정도로 피 냄새가 강하게 풍겨난다.

털썩!

자리에 주저앉아 가부좌를 트는 장양운.

"후우… 후우…!"

호흡을 조절하며 천천히, 천천히 자신만의 세계로 접어든다.

동시 그의 몸에서 검붉은 혈기가 스믈스믈 흘러나오고.

금세 밀실을 가득 채운다.

온 몸에서 끓어 넘치는 힘을 장양운은 잘도 제어하며 단전으로 밀어 넣는다.

거칠고 말을 듣지 않는 놈들이지만 어떻게든 장양운은 놈들을 길들이기 위해 노력했다.

노력하는 만큼 자신의 힘이 강해진다는 것을 잘 알기 때문이다.

'이대로라면 조만간 놈을 잡을 수 있겠어.'

펄펄 끓어 넘치는 힘을 가늠하며 입꼬리를 올리는 그.

단목성원과 꽤나 많은 차이가 났었지만, 이젠 거의 따라잡았다.

놈이 팔을 잃으며 정체되어 있는 동안 자신은 쉴 틈도 없이 쭉쭉 성장을 했으니 당연한 이야기다.

단목성원이 뛰어난 재능으로 교주의 제자가 되었듯.

장양운 역시 재능만으로 따지자면 결코 단목성원에 뒤지지 않는 천재였다.

어느 한쪽이 멈춰 섰다면 벌어진 간극이 좁혀지는 것은 시간문제일 뿐.

그 시간이 해결된 지금 장양운의 실력은 눈부시게 일취월장하고 있었음이니, 조만간 단목성원을 지지하고 있는 자들을 깜짝 놀라게 해 줄 수 있을 것이다.

"후우…."

길게 토해내는 숨과 함께 천천히 눈을 뜬다.

완전히 자신의 것으로 만들지 못해 허공에 떠 있는 붉은 기운들이 아쉽지만 당장은 어쩔 수 없었다.

"과한 욕심은 나를 망가트릴 뿐이니, 지금은 참고, 인내하며 견뎌야 할 때다."

스스로에게 다짐을 하듯 중얼거리며 자리에서 일어선 장양운은 밀실의 문을 열고 밖으로 나선다.

"나오셨습니까."

"깨끗하게 치워."

"예."

밖에서 대기하고 있던 수하에게 간단하게 지시를 내린 장양운이 향한 곳은 자신의 집무실이었다.

얼마 전까지만 하더라도 책상 위를 가득 채우고 있었던 서류들이 이젠 그 흔적조차 보이지 않는다.

당분간이겠지만 근신으로 인해 일선에서 물러섬으로 인해 휴식을 취할 수 있게 되었다.

미루었던 수련 역시 덕분에 할 수 있었던 것이고.

털썩!

푹신한 자리에 앉자 단숨에 몸이 나른해지지만 애써 나른함을 떨쳐내며 장양운은 벽에 걸린 지도로 시선을 돌린다.

각양 색의 작은 깃발들이 잔뜩 박혀 있는 거대한 지도.

크게 적, 백, 흑, 황의 네 가지 색으로 이루어진 깃발들이 가지는 뜻은 간단했다.

적은 일월신교.

백은 정도맹.

흑은 마도방파.

황은 사황련.

그중 가장 숫자가 적은 것은 역시 마도방파였다. 작다 못해 몇 개 없기까지 하다.

이 정도라면 없어도 될 정도였다.

적색 깃발 대부분은 청해에 몰려 있고, 그 중 일부가 사천을 넘은 정도다.

남은 백과 황의 깃발은 적절하게 중원 전역에 퍼져 있고.

"진척이 제법 있었던 모양이네."

안보는 사이 꽤나 사천의 형세가 달라졌음을 장양운은

단숨에 꿰뚫어 보았다.

하긴 거의 없던 붉은 깃발이 사천에 곳곳에 보이기 시작했으니 어렵지 않게 눈치 챌 수 있었을 것이다.

다만 의문스러운 것은 다른 사람도 아닌 월각주가 직접 움직인 것임에도 불구하고 일의 진행이 느리다는 것이었다.

"조심스런 성격이긴 하지만 그렇다 치더라도…."

월각 무인을 주축으로 하는 선발대다.

설령 아미나 청성이 막아선다 하더라도 뚫어내는 것은 일도 아닐 터였다.

"변수가 있었던지, 일부러 천천히 움직이는 것인지…."

톡, 톡.

손가락으로 팔걸이를 규칙적으로 두드리며 고민해 보지만 그것도 잠시였다.

당장 고민한다고 해서 알 수 있는 것도 아니었고, 알 수 있다고 하더라도 알고 싶지 않았다.

지금은 일선에서 물러선 상태.

어렵게 얻은 휴식을 굳이 나서서 깰 필요는 없는 것이다.

"날씨 한 번 좋군."

오늘따라 유난히 청명한 창밖의 하늘을 바라본다.

暗夜鬼影 89章

89 章

소림방장 혜명대사의 만류에도 불구하고 휘는 수하들을 이끌고 즉시 암문으로 복귀했다.

일월신교의 별동대를 처리한 이상 소림에 머문다고 해서 사마령을 죽였던 놈이 나탈 확률이 없는 것이다.

거기다 연이어 놈들이 같은 방법을 쓸 리도 없고.

소림에 머문다는 것 자체가 무의미한 일이기에 간단한 인사와 놈들의 뒤처리를 부탁하고선 휘는 곧장 자리를 떴었다.

그렇게 암문에 도착했을 때.

휘를 기다리고 있는 것은 놀랍게도 정도맹주와 사황련주

두 사람이었다.

즉, 검제와 사황이 동시에 휘를 찾아온 것이다.

달칵.

두 사람 앞에 차를 내놓으며 휘가 자리에 앉는다.

앉기 무섭게 기다렸다는 듯 입을 여는 검제.

"자네가… 나서줬으면 하는 일이 있네."

"나서줬으면 하는 일… 입니까?"

고개를 끄덕이며 검제가 말을 이어간다.

"자네가. 아니, 자네들이 어려운 일을 처리하고 온 것은 나도 잘 알고 있네. 어지간하면 도움을 요청하고 싶지 않았는데, 일이 복잡하게 꼬여 버려서 말이야."

"여기서부턴 제가."

"음."

사황이 나서자 고개를 끄덕이며 물러서는 검제.

"이번에 정도맹과 우리가 힘을 합쳐서 일월신교에 제대로 한방 먹일 수 있는 무력대를 만들고 있는 건 알지?"

"이야기야 들었습니다만, 아직 먼 이야기 아니었던가?"

"그랬지. 그래도 상황이 상황이다 보니 좀 서둘렀는데… 이게 탈을 일으키게 될 줄은 나도 몰랐지."

그러면서 이야기를 시작하는 사황.

한참의 이야기 끝에 할 말을 다한 것인지 목이 타는 듯 다 식어버린 찻잔을 집어 든다.

"흠…."

꾸욱.

손끝으로 연신 이마를 누르는 휘.

두 사람이 등장한 순간부터 쉽지 않은 일이 될 것이라 생각은 했지만, 이야기를 들어보니 보통 어려운 일이 아니었다.

아니, 자신이 왜 이 일을 맡아야 하는 것인지 조차 알 수 없었다.

"거절하겠습니다."

휘의 단호한 대답이 떨어지자 그래도 일말의 기대를 걸었던 두 사람의 얼굴에 실망이 가득 서린다.

"제가 일월신교를 방해하는 것에 앞장서 온 것은 사실이지만 그렇다고 정도맹과 사황련이 손을 잡고 처음으로 만드는 무력대를 이끄는 것은 있을 수 없는 일이라 봅니다. 게다가 당장은 암문을 이끌고 가는 것만으로도 어려운 상황인지라. 이번 일은 정중히 거절하도록 하겠습니다."

"역시…."

"제가 이렇게 될 거라고 했잖습니까."

"그래도 말은 붙여봐야 하지 않겠나. 쩝…."

아쉽다는 듯 입을 다시는 검제.

서로 나누는 대화로 보아선 실패할 것이란 사실을 진즉 알고서도 권유를 했다는 말이다.

다시 말해 본론을 꺼내기 전에 슬쩍 꺼내본 이야기에 지나지 않은 것이다.

물론 슬쩍 꺼내본 이야기 치곤 그 사안이 중하긴 했다.

어렵게 만들게 된 무력대를 이끌 인재가 없어서 자칫하면 표류하게 생겼다는 이야기였으니까.

아무래도 오랜 시간 대립하던 관계였기 때문에 중립적이면서도 실력 있는 자를 책임자로 세우고 싶었는데, 그 조건에 휘가 딱이었던 것이다.

물론 휘의 입장에서 보자면 결코 달갑지 않은 일이었다.

당연히 제안하는 쪽에서도 받아들이는 쪽에서도 성사되지 않을 이야기였던 것이다.

"될 수 있으면 본론으로 빠르게 넘어 가주셨으면 합니다."

쓰게 웃으며 말하는 휘.

겉으로 표시하진 않지만 지금 휘는 상당히 지친 상태였다. 사마령의 장례를 치르고 쉬지 않고 움직여, 음마선인을 상대했다.

이래저래 지친 상태라 쉬고 싶은데, 눈앞의 인물들의 위치가 위치이다 보니 지친 몸을 이끌고 상대하고 있을 뿐이다.

그것을 눈치 챈 검제가 재빨리 입을 열었다.

"피곤할 텐데 미안하게 되었군. 본론으로 들어가자면

지금 사천의 상황이 그리 좋지 못하네. 언제는 좋았던 적이 있나 싶기는 하네만, 그래도 사천에 중원의 전력이 다수 집결해 있는 상황이지 않나. 그럼에도 불구하고 속절없이 밀리고 있다는 것은 우리로선 쉽게 납득 할 수 없는 일이라네."

"당장 손을 잡고 함께 싸울 수는 없는 일이라 돌아가면서 놈들을 상대하고 있는데, 그것도 쉽지 않은 일이야. 이미 수많은 희생을 치렀는데도 불구하고 놈들의 움직임을 방해하는 수준에 그쳤을 뿐. 제대로 된 타격을 입히지도 못한 상태지."

"청성과 아미가 전력동원령을 내리고 철저히 준비를 하고 있지만 과연 그것으로 될 것인지 모르겠네."

본론으로 들어가기 무섭게 무거워지는 분위기.

어쩔 수 없는 일이다.

그 말처럼 사천 무림의 상황은 최악이었으니까.

정도맹과 사황련에서 파견한 무인들이 어떻게든 앞을 막으려 했지만 실패했다.

그나마 놈들의 발목을 붙든 것이 다행이라면 다행일 정도였다.

"무슨 생각인지 모르겠지만 단숨에 몰아칠 것 같더니, 의외로 빠르게 움직이질 않고 있어. 대신 철저하게 초토화시키고 있지만."

"놈들의 실력도 실력이지만 가장 문제가 되는 것은 놈들을 이끌고 있는 여인이네. 그녀를 막을 방법이 없네. 이미 여러 고수들이 그녀에게 잡아 먹혔거든."

"…여자 입니까?"

휘의 물음에 동시에 고개를 끄덕이는 두 사람.

"아무래도 그쪽 상황에 대해 듣고 나서 이야기를 하는 편이 빠르겠습니다."

그 말을 끝으로 휘는 모용혜를 불러 사천에서 벌어지는 일에 대한 보고를 들었다. 이야기를 마친 그녀가 물러서자 휘가 두 사람을 향해 말했다.

"예전에 일월신교의 구성 방식에 대해 이야기를 해드렸던 것으로 기억합니다."

"기억하고 있네."

"확실하진 않지만 일월신교에서 그 정도 영향력과 능력을 보이는 여인은 한 사람 뿐입니다. 월각주 섬전창 벽단홍. 그녀뿐이죠."

온 사방이 붉은 피로 뒤덮인 곳을 보며 느긋한 얼굴로 대청마루에 앉아 햇볕을 죄이는 월각주.

그녀의 눈앞에서 수하들이 오가며 시신들을 치우지만 익숙한 듯 그녀는 미동도 없다.

"처리가 끝났습니다."

한참 뒤 수하의 보고에 그녀가 고개를 끄덕이며 자리에서 일어선다.

"다음 목표는?"

"사홍문이란 곳입니다. 이곳에서 반 시진쯤 떨어져있는 곳입니다. 전체 인원 일백의 작은 문파로 이곳을 마지막으로 서북쪽은 완전히 정리됩니다."

"가자."

느긋하면서도 차가운 그녀의 명령과 함께 일제히 움직이기 시작하는 일월신교의 무인들.

'빠르게 움직일 필요는 없다… 라고 하셨지?'

출발하기 전날 은밀하게 전해진 연락.

단목성원의 것이었다.

그는 그녀에게 일을 빠르게 진행 할 필요가 없이, 천천히 하지만 확실히 처리할 것을 요구했다.

언뜻 이해하기 어려운 명령이지만 단목성원의 상황과 연계하면 바로 답이 나왔다.

'시간이 필요하신 것이겠지. 그리고 아직 건제하다는 것을 모두에게 보여주기 위해서라도 적당한 무대가 필요하고.'

그녀는 그 무대가 청성이나 아미라면 충분할 것이라 판단했다.

실제로도 단목성원의 몸 상태가 상당히 좋아졌다는 이야기가 들려왔으니 크게 다르진 않을 것이다.

결국 또 다른 소식이 들어오기 전까지 그녀는 지금처럼 느긋한 움직임을 유지할 생각이었다.

명목이야 충분하고도 넘쳤다.

철저하게 일을 진행하겠다고만 하면 되는 일이니 말이다.

그렇게 그녀가 단목성원의 지시에 따라 느긋하게 일을 진행하고 있을 때, 그녀의 생각처럼 단목성원은 마지막 마무리 훈련에 힘을 쓰고 있었다.

오른팔을 잃었다곤 하지만 가지고 있던 내공이 사라진 것도 아니고, 움직임의 속도가 떨어진 것도 아니다.

오직 필요한 것은 미묘한 몸의 균형감각과 오른팔에 비해 어색함을 주는 왼팔의 감각을 오른팔 그 이상으로 끌어올리는 것뿐.

정확하게 자신이 해야 할 일을 파악하고 열중했다.

덕분에 단목성원은 누가 보더라도 경악할 정도로 빠르게 그 실력을 회복하고 있었다.

"흠…."

땀으로 온 몸을 흠뻑 적신 단목성원은 방금 전의 움직임을 머릿속으로 복기해본다.

"아직 미묘하군."

이전의 움직임과 비교하면 아직도 어설픈 부분이 많았다.

아무래도 육체의 균형이 허물어졌기에 미묘한 부분까지 한 번에 바로 잡기는 어려운 부분이 많았다.

그나마 많이 좋아지긴 했지만, 이 정도론 일월신교의 후계 중 한 사람이라고 불리기 어려웠다.

"월각주가 내 생각대로 움직여 주고 있는 것은 좋은데… 아직 좀 어려운가?"

본래 계획대로라면 지금쯤 몸을 완성하고 사부를 찾아가 중원으로 향하는 것을 허락 받아야 할 때였다.

그래야 하는데 육체의 완성이 아직도 끝이 나질 않았다.

정말 미묘한.

아주 작은 부분만이 남았다는 것은 자신도 알겠는데, 그것을 해결하는 것은 너무나 어려운 일이었다.

"왜 팔이 잘린 고수들이 다시 본래의 힘을 찾는 것이 어렵다고 하는 것인지 알겠어. 미묘한 감의 문제인 것 같은데… 쉽지가 않아."

한참을 고민하다 혀를 차며 다시 천천히 몸을 움직이기 시작하는 단목성원.

'어차피 지금 내가 할 수 있는 것은 이것 밖에 없다.'

휘릭, 휙!

지금으로선 할 수 있는 것에 최선을 다해야 했다.

일단 완벽하게 회복을 해야, 그 뒤의 일도 생각 할 수 있을 테니 말이다.

"그래도 곧 중원으로 갈 수 있겠지."

그렇게 단목성원이 노력을 하는 동안 장양운도 한계에 도달한 상황이었다.

"쯧."

온 몸에서 날뛰는 힘은 분명 충만한데 그것을 다루는 능력이 형편없었다.

자기 입으로 자신을 평가하긴 좀 그렇지만 장양운이 생각했을 때 지금의 자신은 힘만 있는 멍청이와 다를 것이 없었다.

"급속도로 힘을 키운 것은 좋지만 이걸 제대로 풀어내는 방법을 익히질 못했으니. 어차피 예상했던 것이긴 하지만… 그래도 나쁘진 않아."

이미 예상했던 문제다.

그렇기에 오히려 기분이 나쁘지 않았다.

자신이 예상했던 것보다 훨씬 더 빠르게 지금의 정체기를 맞이했다.

다시 말해 예상했던 것보다 더 빠르게 성장한 것이다.

문제는 좋은 일이라곤 그것뿐이라는 것이다.

힘을 다루는 법을 제대로 터득하는 것은 혼자만의 수련으론 한계가 있는 법이다.

그렇다고 수하들을 상대로 비무를 벌일 수도 없다.

아니, 비무를 벌이는 것은 문제가 되지 않지만 비무보단 실전을 통하는 것이 그 효율이 훨씬 더 낫다.

"실전이라…."

결국 실전을 위해서라도 외부로 나가야 한다는 말이다.

"중원으로 향해야 하나? 그것도 나쁘지 않겠지. 무슨 지시를 받은 것인지는 모르겠지만 마침 월각주가 느긋하게 움직이고 있으니 거기에 합류하는 것도 나쁘지 않겠지."

혼자 중얼거리며 자리에서 일어선 장양운이 다시 몸을 움직인다.

중원으로 향하기 위해서라도 지금은 조금이라도 수련을 해두는 편이 나을 터였다.

❖

이름은 조금씩 다르지만 각 문파마다 동원령이 존재한다.

문파의 규모나 지배구조에 따라 발동하는 것에 단계가 있거나, 발동 자체가 어려운 것도 있지만.

공통적인 것은 문파가 위기에 처했을 때만 발동 할 수 있다는 제한이 있었다.

그런 제한에도 불구하고 사천에 자리한 대부분의 문파에서 총동원령을 발동하고 있었다.

일월신교의 중원 침략에 대응하기 위해서.

청성과 아미라고 해서 크게 다르지 않았다.

오히려 어떤 문파들보다 빠르게 총동원령을 발동한 것이 청성과 아미였다.

구파일방의 두 문파가 내린 총동원령 덕분에 사천 무림 곳곳을 돌아다니던 청성과 아미의 무인들을 보기 어려워졌다.

특히 이들이 내린 총동원령은 본파 제자들뿐만 아니라 속가제자들 역시 불러들이는 종류의 것.

그야말로 어마어마한 인원이 두 문파를 향하고 있었다.

청성의 장문인 청천검 운요는 정신이 없었다.

총동원령으로 인해 청성으로 밀려드는 수많은 인력과 물자를 정리하는 것도 문제지만 일월신교의 움직임 하나하나에 예민하게 반응하고 있었다.

보통 사람이라면 이틀을 버티지 못하고 쓰러져도, 쓰러졌겠지만 그는 버텨내고 있었다.

이대로 계속 이어진다면 쓰러질 수도 있겠지만.

"결국 사홍문도…."

서북쪽에 남아 있던 문파 대부분이 이젠 일월신교의 수중에 떨어졌다.

솔직하게 말해서 처음 놈들이 모습을 드러냈을 때까지만 하더라도 청천검은 어렵지 않게 생각했다.

곤륜이 무너졌다곤 하지만 크게 방심한데다, 밀교 놈들의 난동 때문에 약해진 틈을 탄 것이라 생각했다.

비단 청천검 뿐만 아니라 많은 이들이 그렇게 생각했다.

하지만 이후 놈들의 행보는 경악스러울 정도였다.

여기에 직접 부딪치면서 경험해보니 놈들의 악명이 왜 대대로 내려오는 것인지 뼈저리게 느낄 수 있었다.

"우리만으로는 어렵다."

눈을 감은 채 어떻게 일월신교를 상대할 것인지 고민해 보지만 답이 나올 리 없다.

"놈들의 선발대도 문제지만 약간의 희생을 치르면 잡아 낼 수는 있어. 문제는 겨우 선발대라는 것이겠지만."

겨우 선발대에 불과한 놈들에게 사천 무림이 농락당하고 있다.

그렇다면 본대가 움직이기 시작하면 얼마나 강한 힘을 보여준다는 것인가? 상상조차 하기 어려웠다.

"아미와는 이미 공조하기로 했고. 정도맹에서도 무인들을 파견해 주기는 했지만… 정예 구성은 아직인가? 후 우…!"

절로 한숨이 나오는 상황이지만 그로서도 더 이상 할 말이 없었다.

당연한 일이다.

정도맹이 구성된 것이 언제인데 정예 무력단체를 왜 구성하지 못했겠는가.

이 모든 것이 자신들의 탓이지 않았던가.

"그때 적극적으로 나섰더라면…."

이제와 뒤늦은 후회를 해보지만 늦었다.

설마하니 이렇게 될 것이라곤 조금도 생각해보지 않았었으니까.

그나마 다행인 것은 뒤늦게라도 부랴부랴 준비를 하고 있다는 것이다.

"어떻게든 버티면 될 것 같긴 한데… 일월신교 본대가 움직이기 시작하면 그것조차 어려운 일이 되겠지."

현실을 깨닫지 못한 자들이 대다수지만 청성을 운영해야 하는 청천검은 냉정하게 지금의 사태를 주시하고 있었다.

여기에 당장 무림 전체와 싸워도 될 것 같은 전력을 가지고서 이토록 느긋하게 움직이는 이유도 아주 의심스러웠다.

'조금씩 반응을 보는 건가. 아니면 이곳으로 중원 무림의 전력을 집결시키려고 하는 것인가?'

아무리 생각해봐도 답이 나오질 않는다.

얼마나 답답했으면 청성의 역사 자료들이 가득 들어 있는 서고에 틀어박혀 일월신교와 관련되어 있는 내용들을 글자하나 남김없이 몇 번이고 읽었겠는가.

비록 알아낸 것은 없지만 읽으면 읽을수록 놈들에 대한 경계심과 두려움이 솟아났다.

"세월에 맞추어 더 강하게 나타났던 놈들이야. 이번이라고 해서 다를 것이라 생각하지 않는다."

눈을 감은 채 고민에 빠지는 청천검.

이번 사안과 관련해서는 정도맹에 이미 연락을 취했다. 신묘와 검제라면 충분히 일의 중요성을 알아 줄 것이다.

'어쩌면… 사파와 손을 잡은 첫 번째 결과물이 이쪽에서 드러날지도 모르겠군.'

사파와 손을 잡은 사실에 대해선 그도 알고 있었다.

다만 큰 기대를 하진 않고 있었다.

사파 무인들 중에 제대로 된 실력자는 손에 꼽을 정도라는 것을 잘 알기 때문이다.

그 숫자에 비해 너무나 작은 고수의 숫자가 사파의 약점인데, 사황련에서 쉽게 내어 줄 리가 없었다.

'설령 내어 준다 하더라도 쉽게 해결이 될 문제도 아니고. 쯧! 지금 이걸 생각하고 있을 때가 아니지. 지금 중요한 것은 어떻게든 이곳 청성을 지켜내는 것이니까.'

청성을 지켜내는 것.

그것이야 말로 막강한 권한을 자랑하는 장문인으로서 반드시 해야만 하는 의무였다.

밤이 깊을 때까지도 청천검은 쉬이 잠들 수 없었다.

그만큼 머릿속이 복잡했다.

❖

　무릎 꿇은 채 자신의 대답을 기다리고 있는 두 제자를 보며 일월신교주는 재미있다는 듯 웃었다.

　이렇게 나올 것이라고는 생각했지만 설마하니 동시에 움직일 것이라곤 예상치 못했다.

　'재미있군. 아주 재미있어.'

　자신의 예상을 뛰어넘는 두 제자의 모습에 교주는 아주 만족했다.

　세상이 자신의 뜻대로만 돌아간다면 그것 또한 나쁘지 않지만 분명 따분한 세상이 될 것이다.

　때론 이렇게 톡톡 튀는 일도 있어야 삶이 지루하지 않은 것이다.

　"그래서 둘 모두 실전을 위해 중원으로 가고 싶다?"

　"…그렇습니다."

　"예."

　단목성원과 장양운이 굳은 얼굴로 대답한다.

　설마하니 같은 생각을 하는 것도 모자라 같은 날, 같은 시간에 허락을 구하려고 움직일 것이라곤 전혀 생각지도 못했다.

　미리 예상했다면 결코 같은 시각에 움직이지 않았을 터다.

　스윽.

손을 들어 턱을 쓰다듬는 교주.

수염하나 없이 매끈한 피부지만 반로환동 이전의 습관적 행동이었기에 지금도 어색함을 느끼지 못하고 있었다.

"중원으로 가게 되면 둘 모두에게 어떤 직책도 내리지 않을 것이다. 다시 말해 월각주에게 둘의 신변을 맡긴다면 월각주의 명령을 따라야 할 것이다. 이를 감내 할 수 있겠느냐?"

"지당하신 말씀이라 생각합니다."

"물론입니다."

단숨에 대답을 하는 단목성원과 달리 잠시 주춤했다가 대답을 하는 장양운.

당연한 일이었다.

월각주는 단목성원의 사람이다.

그런 그녀가 말도 안 되는 명령을 그에게 내릴 확률은 조금도 없었다. 오히려 자신에게 아주 불리한 명령을 내린다면 또 모를까.

그렇다고 해서 거절 할 수도 없는 일이다.

중원으로 가겠다고 먼저 청한 것은 자신이다. 실전이 필요한 것도 자신이고.

그런 두 사람의 대답에 교주는 빙긋 웃으며 말했다.

"당당히 대답하는 것이 꽤 준비가 잘 된 모양이로군. 좋다. 허락을 하지 않을 이유가 없지."

"감사합니다!"

"감사합니다."

고개 숙이는 제자들을 향해 교주는 아직 끝이 아니라는 듯 계속해서 말을 이었다.

"기왕 기회를 주는 것이라면 제대로 시험을 해보는 것도 나쁘지 않겠지."

갑작스런 교주의 제안에 얼어붙는 둘.

긴장을 그대로 드러내는 둘의 얼굴을 보며 교주가 말을 잇는다.

"둘 모두 월각주와 합류해라. 그리고 인원을 삼등분하여 월각주는 차지한 구역의 유지 관리에 집중하고, 너희 둘이서 각기 하나씩 이끌고 나서도록 해라. 목표는…."

잠시 고민하며 말을 끄는 교주.

교주의 말이 거듭될수록 두 사람의 얼굴이 굳어지며 긴장감이 고조되고.

"청성과 아미다."

폭탄이 떨어졌다.

"벌써 회복하실 것이라곤 생각지도 못했습니다. 아직 시간을 필요로 하실 것 같았는데."

"후후, 사제가 이토록 기대하고 있는데 부응해야 하지 않겠어? 덕분에 나 조차도 깜짝 놀랄 정도로 빠르게 회복

할 수 있었으니 감사해야 하겠어."

사부의 거처를 벗어난 두 사람이 서로를 향해 웃으며 이야기한다.

보이는 것은 화기애애하지만 실상 그 안에서 오가는 비수는 당장이라도 상대의 목을 벨 수 있을 정도로 날카롭다.

하긴 서로에게 이젠 좋은 감정이 있을 수가 없다.

사형제 관계를 떠나 이젠 한 자리를 노리고 싸우는 호적수이지 않은가.

상대를 꺾지 못하면 꺾이는 것은 자신이 될 수밖에.

"이번 기회에 자웅을 가리는 것도 좋겠지. 어차피 이대로라면 서로 깎아먹기 밖에 안 될 테니까."

"제가 좀 불리한 것 같습니다만, 괜찮겠죠."

장양운의 시선이 텅 빈 단목성원의 오른팔을 향한다.

그 시선을 피식 웃어넘기는 단목성원.

어차피 서로를 도발하는 자리다.

이런 도발에 넘어간다는 것은 스스로 더 위를 노릴 자격이 없다는 것이나 마찬가지다.

"그럼 잘해보자고. 결국 내가 이기게 되겠지만."

"그건… 두고 봐야 하겠죠."

싸늘하게 웃으며 등을 돌리는 두 사람.

이젠 진짜 승부를 가릴 시간이 되었다.

실력이 부족하던 장양운은 그 실력을 끌어올렸고, 반대로 멀찍이 앞서가던 단목성원은 장양운에게 발목을 붙들렸다.

단목성원이 불리하게만 보이지만 꼭 그렇지도 않았다.

장양운에겐 없는 십년이란 시간이 단목성원의 등 뒤에 존재하고 있었으니까.

그 십년이야 말로 단목성원의 결정적인 한 수였다.

자신의 거처로 돌아온 장양운은 침상에 털썩 드러누우며 눈을 감았다.

머릿속이 너무나 복잡했지만 억지로 생각하지 않으려고 애썼고, 그러길 잠시.

마침내 머릿속이 텅 비었다.

텅 빈 머리로 우선 자신이 당장 할 수 있는 것들부터 하나씩 정리를 해나간다.

꼬인 실타래를 풀어 내 듯 천천히 그리고 공을 들여서.

그러자 마침내 길이 보이기 시작했다.

"어차피 십년의 시간을 단숨에 뛰어넘기엔 불가능한 일이지."

벌떡.

시작은 십년의 시간을 인정하는 것에서 부터였다.

자신이 어떠한 수를 쓰더라도 결국 벌어진 시간만큼은 어떻게 할 수가 없었다.

지금까진 그 시간을 메우기 위해 노력했지만 이젠 아니었다.

　"시간은 어쩔 수 없지만 실력에선 이젠 밀리지 않을 자신이 있다."

　앞으로 밀고 나가야 할 것은 바로 실력이었다.

　이전까진 시간에서도 실력에서 단목성원의 상대가 될 수 없었지만, 이젠 아니었다.

　적어도 실력에 있어선 그를 따라잡았다고 확신 할 수 있었다.

　"어차피 강자존의 법칙이 철철 흐르는 이곳이라면… 내 실력을 제대로 보이는 것만으로도 날 지지하는 숫자가 늘어만 가겠지."

　스스로 생각해도 괜찮은 듯 고개를 끄덕이는 장양운.

　왜 이제까지 이 간단한 생각을 떠올리지 못한 것인지 이해 할 수 없을 정도였다.

　물론 약했기 때문이지만 거기에 까진 생각이 미치지 않는다.

　딱히 생각할 필요도 없지만 말이다.

　"남은 것은 어떻게 보여주느냐인데…."

　결국 문제는 자신의 능력을 십분 발휘하되 그것을 모두에게 보이는 방식이었다.

　같은 능력을 지니고 있는 두 사람이 있어도 일의 처리

방식에 따라 보는 이들은 서로의 실력을 다르게 본다.

그렇기에 장양운에겐 이번 일은 아주 막대한 기회였다.

확실하게 일을 처리하며 사람들의 머리에 자신의 실력을 심어 줄 수만 있다면!

뒤의 일은 아주 쉬워질 테니까.

슥.

품에 손을 넣어 한 장의 종이를 꺼내드는 장양운.

청성과 아미.

둘의 목표를 설정한 교주는 임의로 써 넣은 쪽지 두개를 놓고 알아서 고르게 만들었다.

단목성원이 먼저 가져나고 남은 것을 장양운이 가졌다.

아직 확인조차 해보지 않은 그 쪽지를 펼쳐든다.

'청성과 아미. 둘 모두 이름이 크지만 지금의 내게 더 확실한 패가 되어 줄 쪽은…'

종이가 펼쳐지고.

그 안에 쓰인 이름을 보는 장양운의 입 꼬리가 치솟아 오른다.

❖

며칠간의 꿀맛 같은 휴식을 보낸 암문이 다시 분주하게 움직이기 시작한다.

검제와 사황에게 직접 부탁을 받은 만큼 휘로서도 거절하기 어려웠기에 결국 움직이기로 한 것이다.

여기엔 놈들의 선봉에 선 것이 월각주라는 사실이 흥미를 끌었기 때문이기도 하지만 말이다.

"당분간 이전과 같이 천탑상회의 일에 적극적으로 지원을 하도록 하고, 만약에 정도맹과 사황련에게 협조 요청이 들어오면 네 판단에 따라 지원여부를 결정하도록 해."

"맡겨주세요."

"네 판단을 믿지."

든든한 모용혜의 대답에 휘는 작게 웃으며 고개를 끄덕여 주곤 뒤돌아선다.

붉어진 모용혜의 얼굴을 보지 못하고 말이다.

"칫!"

화령이 마음에 들지 않는다는 듯 혀를 짧게 차지만 익숙한 일인 듯 모두들 신경 쓰지 않았다.

이번 일에 투입되는 것은 도마원과 그가 이끄는 암영들이었다.

자칫 죽을 수도 있음에도 불구하고 부러운 눈길로 동료를 바라보는 암영들.

"가자."

휘의 짧은 음성과 함께 일제히 암문을 벗어나는 암영들.

그들이 완전히 사라질 때까지 그 모습을 지켜보던 암영들이 하나 둘 자신의 임무를 위해 자리를 떠나고.

화령이 모용혜의 곁으로 다가왔다.

"천탑상회의 일을 내가 이어 받으면 되는 거지? 본래 내가 하던 것이기도 하고."

"네, 부탁드려요. 이젠 천탑상회와 본문의 관계가 완전히 들통이 난 이상 놈들이 또 어떤 수작을 벌이게 될 것인지 알 수 없지만 방심하진 마세요."

"걱정 마."

짧지만 든든한 대답에 모용혜는 고개를 끄덕였다.

당장 천탑상회는 암문의 가장 큰 힘이었다.

지금도 지금이지만 그들이 가져다주는 정보는 어마어마한 수준이라 천탑상회가 떨어져 나가면 암문은 그 날로 귀머거리가 될 것이 뻔했다.

아무리 상단주와 문주의 사이가 돈독하다 하더라도 사람 일이라는 것은 또 모르지 않은가.

모용혜로선 최대한 신경을 쓸 수밖에 없었다.

반대로 천탑상회 역시 중원에서 가장 큰 힘 줄이 암문이니 쉬이 포기 할 수 없지만 말이다.

애초에 포기 할 수 있는 것도 아니지만.

어쨌거나 서로의 이익이 맞아 떨어지기 때문에 암문으로선 천탑상회의 호위에 크게 신경을 써야만 했다.

그렇게 암문이 다시 움직이기 시작했을 때.

일월신교 역시 지금까지의 느긋함을 벗어나 점차 행동을 빠르게 가져가고 있었다.

작은 변화를 주었을 뿐인데도 사천 무림이 흔들리기 시작할 정도로.

그들이 주는 영향력이란 이제와선 말을 할 수 없을 정도였다.

청성과 아미 이 두 기둥이 든든히 버텨주고 있지 않았다면.

사천 무림은 언제 무너져도 이상할 것이 없을 정도였다.

사황련이 사천에 자리를 잡고 있다곤 하지만 사파의 결집력이 아직 떨어진다는 것은 사황련에서도 인정하는 것이었다.

강력한 사황의 권위 아래 사파의 거대 세력들이 집결했지만 이들 모두를 하나로 녹여 내기엔.

아직 사황련이 가지는 역사와 전통.

그리고 하나가 될 수 있는 시간이 부족했다.

暗石
骑影
归 90 章

90 章

　평소 임무에 있어선 자신의 감정을 잘 드러내지 않는 월 각주이지만 이번만큼은 꽤 놀란 것인지 당황한 감정을 고스란히 드러낸다.

　하긴 전혀 생각지도 않았던 상황이니 그녀가 아닌 누구라도 당황할 수밖에 없을 것이다.

　"…종합하자면 제가 이끌고 있는 수하들을 셋으로 나누고 저는 점령지들을 돌보는 역할을 하라는 것이로군요."

　"미안하지만 그렇게 됐다."

　편안하게 말을 하는 단목성원.

　분명 이번 일의 책임자는 그녀이기에 이런 말투를 써서는 안 되는 상황이지만 단목성원은 자연스럽게 그녀를 하대했고, 월각주 역시 그것을 받아 들였다.

'칫…! 끝까지!'

장양운으로선 마음에 들지 않는 상황이다.

어떻게든 단목성원이 나서기 전에 그녀를 회유하려고 했지만 그것이 실패로 끝난 데다, 인원을 나누는 일 역시 그녀에게 걸린 일이니까.

막말로 그녀가 작정하고 장양운에게 실력이 떨어지는 자들을 배치하면 제 아무리 장양운의 실력이 대단하더라도 큰일을 해내긴 어려웠다.

아니, 당장 장양운의 명령을 듣지 않을 수도 있는 일이다.

'차라리 혼자라고 생각하자. 그 편이 훨씬 더 나은 일이 될 지도 모르지.'

그렇게 생각하며 들썩이는 마음을 가라앉힌다.

그런 장양운을 보며 아쉽다는 듯 입을 다시며 그녀와 눈빛을 주고받는 단목성원.

"교주님의 명령은 절대적인 것이니 제가 어찌 거절하겠습니까. 명령대로 내일 아침까지 선발대는 삼등분하여 각 책임자로 두 분을 선정하도록 하겠습니다. 허면 목표는 어찌 되는 지요?"

그녀의 물음에 단목성원이 먼저 입을 열었다.

"나는 청성. 사제는…."

"아미."

"아미와 청성이라… 정예로 구성할 필요가 있겠군요. 최대한 공정하게 인원을 나눌 것을 두 분께 약속드리지요."

그녀의 말에 고개를 끄덕이는 두 사람.

지금으로선 그녀의 약속을 믿는 수밖에 없었다. 적어도 장양운은 말이다.

다음날 아침이 되자 장양운은 그녀가 그래도 공정하게 인원을 나누었음을 깨달을 수 있었다.

"그녀가 일에 있어선 냉정한 사람이라는 것이 사제를 살렸군. 후후, 나중에 보자고."

장양운에게 한마디를 남긴 채 사라지는 단목성원.

그의 뒷모습을 보며 입을 달싹이다 만다.

굳이 말을 섞을 필요가 없다고 생각했기 때문이었다.

비록 월각 무인들은 전원이 단목성원에게 향했지만 그 외의 인원들 중에 제법 중립 성향을 띄는 자들과 장양운의 편에 선 무인들의 모습이 장양운을 기다리고 있었다.

겨우 육백에 불과한 숫자지만 지금의 장양운에겐 천군만마와 같은 지원군들.

그들의 앞에 서서 장양운은 당당하게 말했다.

"우리는 아미로 간다."

짧은 말이지만 그 한 마디에 모두의 눈빛이 단숨에 변한다.

그토록 오래토록 기대했던 구파일방과의 싸움을 드디어 할 수 있다는 생각에 자신도 모르게 투기를 잔뜩 발하는 그들을 보며 장양운은 짙은 미소와 함께 명령을 내렸다.

"가자.

❖

검제와 사황의 요청에 의해 사천으로 향한 휘와 암문이 맡은 역할은 별동대였다.

정도맹이나 사황련 어느 쪽에 속해서 움직이는 것보다 스스로 판단해 빠르게 움직이는 편이 효율적일 것이란 판단 때문이었다.

사실 어느 한쪽에 치중해서 움직이기에 아직 어려운 부분이 많기 때문이기도 했지만.

사황련의 경우 기본적으로 아직 정리가 덜 된 느낌이고, 정도맹의 경우엔 아직도 내부적인 갈등이 완전히 마무리되지 않은 상태다.

이쪽, 저쪽 전부 좋은 상태라곤 결코 말을 할 수 없는 것이다.

당장이야 일월신교란 공동의 적을 두고 있기 때문에

조용한 것이지 언제 어떻게 터질지 몰랐다.

'그나마 근래 와서 좋은 분위기가 되어 가고 있다는 것이 다행이겠지. 본래대로였다면 무너질 만큼 무너지고 나서야 제대로 손을 잡았었으니.'

전생에서 휘가 보았던 중원 무림은 그야 말로 오합지졸들이었다.

실력도 실력이지만 도저히 힘을 합칠 생각을 하지 않았다.

같은 정파, 사파이면서도 서로를 향해 경계하고 자신의 진심을 내보이지 않았다.

만약 지금처럼 처음부터 힘을 낼 수 있었다면 제 아무리 일월신교라 하더라도 쉽게 중원을 넘볼 수 없었을 텐데 말이다.

"방금 들어온 소식에 의하면 놈들이 인원을 셋으로 나누고 이동을 시작한 모양입니다."

"셋으로?"

백차강의 말에 고개를 갸웃거리는 휘.

놈들이 선발대 성격이라는 것은 마주하지 않고서도 알 수 있는 일이지만 그것을 셋으로 나눈다는 것이 무엇을 의미하는 것인지 휘로서도 도저히 알 수 없었다.

"무슨 생각일까?"

"셋으로 나뉜 것은 확실합니다만 아직 어떤 목적을 가지고 움직이는 것인지는 파악하지 못했습니다."

"셋이라… 혹시 누가 합류했다는 소식은?"

"거기까진 파악이 되지 않은 모양입니다."

아쉽다는 얼굴로 대답하는 백차강.

사황련과 정도맹을 통해 들어오는 정보이긴 하지만 일월신교에 대해 알고 있는 사항이 지극히 적다보니 자연스럽게 들어오는 정보 역시 작을 수밖에 없다.

아는 만큼 보인다.

정보에 있어서 이것보다 중요한 격언은 존재하지 않았는데, 달리 말하면 아는 것이 없다면 눈앞에 중요한 정보를 두고서도 몰라볼 수밖에 없는 것이다.

지금으로선 그들도 알고 있는 것이 적다보니 어쩔 수 없는 일이었다.

"시간이 흐르면 괜찮아질 것으로 생각은 합니다만, 부족하게 느껴지는 것은 어쩔 수 없습니다. 그렇다고 당장 저희 쪽 인원을 투입하는 것도…."

"됐어. 이 정도로 만족하는 수밖에."

백차강의 말을 끊으며 생각에 잠기는 휘.

'셋으로 나눴다? 왜 지금일까?'

고민 해보지만 답이 나올 리가 없다.

'선발대로 꾸려진 인원이 대략 이천 정도. 셋으로 나누었다고 한다면 칠백? 그 정도로 나눈 건가. 선발진을 이렇게 나눌 필요가 있을까?'

철저히 일월신교의 입장에서 생각을 해본다.

충분한 전력을 가지고서 중원 무림의 반응을 지켜보기 위해 선발진을 꾸렸다.

그들로 사천 무림을 천천히 갉아먹어가는 중에 갑작스레 인원을 분리한다? 아무리 생각해도 그럴만한 이유가 없었다.

당장 본대를 움직여도 나쁘지 않을 시기에 굳이 이렇게 복잡한 움직임을 취할 필요가 없었다.

'분명 이유가 있다. 이유가….'

원인이 없는 결과는 존재하지 않는다.

놈들이 굳이 셋으로 나누었다는 것은 분명 그 안에 또 다른 무엇인가가 존재한다는 것이었다.

인원의 추가도 없이 기존의 인원으로 셋으로 나누었다는 것에 집중하던 휘.

어느 한 순간 번뜩이는 생각과 함께 머릿속이 깨끗해진다.

"만약… 그렇다면?"

뒤죽박죽 뒤섞였던 이야기들이 하나 둘 제자리를 찾아가며 연결된 하나의 이야기가 완성되기 시작한다.

이제까지 고민한 것이 멍청하게 느껴질 정도로 빠르게.

'놈들이 다시 나온 거야. 그리고 후계 자리를 두고 다시 다투기 시작한 거지. 어차피 미루기만 해선 될 일이 아니니,

이번 기회에 그 둘을 다시 시험해보겠다는 생각인 것이 분명해.'

자신의 생각대로라면 놈들의 움직임도 이해가 가능하다.

여기에 놈들이 어떤 식으로 움직이게 될 것인지도 대충 짐작이 가능했다.

"난리 났군."

결론만 따지면 이제까지는 장난으로 취급 될 수도 있는 엄청난 사건이 벌어질 수도 있었다.

그것도 양쪽에서.

"지급을 띄워. 발 빠른 암영 둘을 뽑아서 정도맹과 사황련에 연락해."

"뭐라고 할 까요?"

"청성과 아미가 위험하다고. 그거면… 충분하겠지."

잠시 뒤 두 사람의 암영이 일행에서 떨어져 나와 빠르게 이동을 시작했고, 남은 암영들도 휘의 인솔아래 곧 움직이기 시작했다.

지금 상황에서 휘가 선택 할 수 있는 곳은 두 곳 중 하나뿐.

"우리는…."

총동원령이 내려진 청성으로 끊임없이 이어지는 대규모 물자의 이동과 실력의 고하를 가리지 않고 본산에 몰려드는 청성의 속가제자들까지.

그 숫자와 규모는 역대 최고 수치를 매일 같이 갈아치우고 있었다.

청성 본파의 제자와 속가제자들.

여기에 청성과 인연이 있는 문파에서 조금이라도 돕기 위해 움직이고 있었다.

청성산이 결코 작은 것도 아님에도 불구하고 자리가 없어 청성 입구에 천막을 치고 준비를 해야 할 정도로 어마어마한 인원이 몰려들고 있었다.

당장 눈에 보이는 숫자만으로 질릴 정도지만 정작 청성 장문인 청천검 운요는 안심을 못하고 있었다.

장로들과 제자들이 그 엄청난 규모에 사기를 올리며 일월신교에 대한 승리를 어렵지 않게 점치고 있었지만, 정작 그들의 우두머리인 청천검은 수많은 준비를 하고서도 쉽지 않은 싸움이 될 것이라 예측하고 있었다.

아니, 이마저도 부족하다 생각했다.

'아직 정도맹에서 다른 대답이 없다는 것은 준비가 끝나지 않았다는 것이겠지. 머리 숫자는 많지만 정작 쓸 만한 인원은 크게 늘지 않았는데, 걱정이로군.'

청천검의 걱정처럼 수많은 인원이 모여들었지만, 저들 중에 진짜 고수라고 부를 수 있는 자들은 몇 되지 않았다.

본래 청성의 전력에서 겨우 1할도 보탬이 되질 않는 것이다.

머릿수만 많지 실속이 없다.

물론 머릿수가 도움이 되지 않는 것은 아니지만 이번엔 달랐다.

저들이 본격적으로 나온 것도 아니고 겨우 선발대 수준이다. 선발대가 움직이는 정도로 총동원령이 내렸다는 것도 우스운 일이지만 만약을 대비해야만 했다.

언제 놈들이 움직일지 모르는 상황이니까.

그렇게 복잡하게 머리를 쓰고 있을 때 문 밖에서 작은 기침과 함께 사내의 목소리가 들려온다.

"내리신 명령의 준비가 완료되었습니다."

"곧 나가마."

밖에서 들려오는 소리에 즉각 대답하고선 천천히 밖으로 향하는 그.

그곳에는 아직 젊어 보이는 사내가 고개를 숙이고 대기하고 있었다.

"본산의 각종 보물과 비급을 비고에 옮겼으며, 4대 제자들 전원을 이동시킬 준비가 끝났습니다. 명령만 내리신다면 즉시 4대 제자들의 이동이 시작될 것입니다."

"삼대를 비롯한 나머지는?"

"삼대 제자들 중에 잠재력이 돋보이는 자들을 따로 뽑아

이동할 예정입니다. 이대와 일대 중에선 제비를 통해 뽑을
계획입니다."

"제비라… 맡기 싫어하는 것인가?"

"아무래도…."

말끝을 흐리는 제자를 보며 고개를 내저은 청천검이 발
걸음을 옮긴다.

"이번 일에 청성의 미래가 걸려있음을 왜 모른단 말인
가?"

"대다수의 제자들이 이번 싸움에서 승리를 확신하고
있습니다. 오히려 이번 조치에 대해 너무 과한 것은 아닌
지에 대한 의문의 시선을 가지는 자들이 한 둘이 아닙니
다."

"아직은 그리 생각하겠지. 하지만 최악의 상황에도 대비
해야만 하는 것이 장문이란 이름이 가지는 책임감이다. 너
역시 명심, 또 명심해야 할 것이다."

"예."

사내는 청성에서 촉망받는 기재들 중의 한 사람으로.

어쩌면 훗날 청천검의 뒤를 이어 장문의 자리에 앉을 수
도 있는. 아주 전도유망한 무인이었다.

그렇게 청성이 바쁘게 움직이는 동안 쉬지 않고 이동을
한 단목성원이 수하들과 함께 청성산이 멀리 보이는 지점
에 도착했다.

쉬지 않고 최대한 인적이 드문 곳으로 이동을 했기 때문에 아직 이들에 대해 눈치를 챈 사람은 아무도 없었다.

"추적은?"

휴식을 취하며 묻는 단목성원.

"제법 가까워져 이젠 반나절 거리입니다. 중원에도 제법 실력이 있는 자들이 있는 것 같습니다."

"넓은 곳이니까. 잠시만 쉬었다가 움직인다. 다들 알고 있겠지만 일단 움직이면 단숨에 놈들을 몰아친다. 아직 제대로 우리에 대해 인지하지 못하고 있을 때, 아직 우리의 힘을 파악하지 못했을 때 최대한 놈들의 전력을 깎아낸다. 이게 무슨 말인지 이해하지 못하는 놈이 있나?"

그의 물음에 누구하나 손을 들지 않는다.

이 얼마나 간단한 작전이란 말인가.

그저 명령에 따라 미친 듯 달려들어 놈들과 한판 붙으면 끝이지 않는가.

더불어 정해진 장소 이외에선 불필요한 싸움을 줄이고.

굳이 나서서 사람들의 눈에 띌 필요는 없는 일이니 말이다.

그렇게 약간의 시간이 흐르고.

마침내 결전의 시간이 되었다.

"가자."

단목성원의 명령과 함께.

칠백에 이르는 일월신교 무인들이 빠른 속도로 청성산을 향해 이동을 개시한다!

❖

청성파 개파 이래 이렇게 많은 인원이 모인 적이 있나 싶을 정도로 엄청난 인원이 청성에 집결했다.

이들을 정리하고 배치하는 것만 하더라도 정신이 없을 정도였지만 청성 장문인 청천검 운요는 의외로 자리에서 거의 움직이질 않았다.

평소라면 장문인인 그가 나서서 사람들을 맞이하고 명령을 내리겠지만, 워낙 일의 사안이 크고 많은 이들이 몰려들다보니 장로들 선에서 모든 일이 치러지고 있었다.

최종적으로 장문인에게 보고만 하도록 그가 명령을 간소화 한 것이다.

덕분에 엄청난 인원이 몰려들었음에도 불구하고 큰 잡음 없이 정리가 잘 되고 있었다.

그렇게 장로들이 벌어다주는 시간을 그는 일월신교의 움직임을 파악하는 것으로 보내고 있었다.

"놈들이 셋으로 나뉘었다? 본대는 움직이지 않고?"

"예. 맹에서도 놈들의 움직임에 기민하게 반응하며 후속 정보를 모으기 위해 움직이고 있다고 합니다. 또한 암문에서 사천으로 움직인다는 연락이 있었습니다."

"수고했다."

장문인의 칭찬과 함께 보고를 올렸던 청성제자가 밖으로 나가고.

홀로 남고 나서야 청천검은 머릿속을 정리 할 수 있었다.

각종 정보들이 머릿속을 떠돌며 하나 둘 자리를 잡아가며, 또 다른 정보를 만들어 낸다.

"후우… 답답하군, 답답해."

긴 한숨을 내쉬는 그.

실력보다 뛰어난 머리를 인정받아 장문의 자리에 오른 그이지만 이럴 때는 그 뛰어난 머리조차 큰 도움이 되질 않는다.

"놈들에 대한 정보가 적어도 너무 적어. 정상적으로 놈들에 대한 정보를 쌓아가려면 시간도 시간이지만 피해가 보통이 아닐 텐데 걱정이로군."

입이 쓰지만 당장 해결 할 방법이 없다는 것 또한 그 역시 잘 알고 있었다.

이것만큼은 당장 해결하기 어려운 문제였으니까.

그러다 암문에 대한 생각이 이제야 떠오른다.

"암문이라. 그들의 활약에 대해선 잘 들었지만… 과연 얼마나 도움이 될까?"

암문에 대한 칭찬과 소문은 몇날 며칠을 이야기해도

부족할 정도로 엄청난 것들 뿐.

보통 어느 정도 과장이 섞여 있는 소문과 달리 암문의 경우 오히려 소문이 축소되어 전달이 되었다고 여길 정도로 많은 일을 해내고 있었다.

무림에서 누구보다 먼저 일월신교에 대한 존재를 알고 놈들에게 대항한 문파.

이젠 무림에서 가장 유명한 문파 중 하나가 되어 버린 그들이 사천으로 향하고 있다는 소식은 분명 반가운 것이었다.

문제가 있다면 암문이 이곳에서 얼마나 힘을 쓸 수 있을 것인지에 대한 것이지만 말이다.

암문이 가진 능력의 문제가 아니었다.

사천 무림 특유의 폐쇄성이 문제다.

중원 무림에서 가장 많은 문파들이 집결해있는 곳이 사천이다 보니 하루가 멀다 하고 사건사고가 벌어진다.

그런 만큼 사천 무림의 힘은 중원 전체를 봐도 무시 할 수 없을 정도였고, 거기에서 나오는 폐쇄성이란 쉽게 말을 할 수 없을 정도였다.

오죽하면 눈앞에서 칼을 휘두르며 싸우다가도 사천 이외의 문파에서 사천으로 들어오면 손을 잡고 대항하겠는가.

중원 무림에 속해있되 속하지 않는 곳.

사천은 그런 곳이었다.

때문에 정도맹에서도 확실한 지원을 해주지 못하고 있는 것이고 말이다.

'물론 그 바탕에는 제대로 된 정예부대를 구성하지 못하고 있다는 것이 제일 큰 문제이겠지만, 이쪽의 폐쇄성 또한 문제라고 봐야 하겠지.'

도움이 필요하면 솔직하게 도움을 요청하면 되는데, 그게 쉽지가 않다.

여러 모를 생각하더라도 말이다.

그것이 사천 무림은 좀 더 강할 뿐이고.

'이전의 일과 이쪽의 일을 생각하면 암문은 단독으로 움직이겠지. 다른 곳과 협업하는 모습은 거의 보이질 않았던 곳이니.'

생각은 그리 하지만 만약 암문이 이곳으로 온다면?

청성에 엄청난 도움이 될 것이 분명했다.

당장 청성에 모여든 인원도 엄청난 것이지만 고수의 숫자가 절대적으로 부족했는데, 그 부족한 숫자가 단숨에 채워지는 일이지 않은가.

사천 곳곳에서 문제가 일어나고 있지만 기왕이면 청성으로 왔으면 하는 것이 청천검의 마음이었다.

그들이 합류하는 것만으로 청성 제자들의 희생이 작을 테니까.

어차피 싸움이 벌어지면 그에 따른 희생은 불가피한

일이다. 어쩔 수 없는 희생이라면 그것을 최대한 줄이는 것.

그것이 청성의 장문인인 자신이 해야 할 일이라고 생각했다.

"이쪽으로 온다면 좋겠지만. 가능성을 최소한으로 잡고 움직여야 하겠지. 있는 전력을 최대한 이용하는 쪽으로."

시선을 책상에 깔린 지도로 돌린다.

청성산을 중심으로 인근의 모습이 세세하게 그려진 지도를 보며 적이 공격해 올 길을 되짚어 본다.

"인원이 많다면 모를까… 오히려 소수다 보니 길목을 지키는 것도 한계가 있구나."

짧게 혀를 차는 청천검.

대군이 몰려든다면 인원 때문에라도 청성으로 향하는 길이 정해져 있겠지만, 지금처럼 소수의 인원으로 움직인다면 방법이 없었다.

드러내놓고 움직인다면 또 모를까, 그것도 아닐 테니 더더욱.

그나마 워낙 인원이 많다보니 청성을 중심으로 천라지망을 펼치게 된다면 빈틈을 최소한으로 만들 수 있으리라.

"용도가 다르기는 하지만 지금 상황에선 이게 최선이겠지."

본래 천라지망은 안쪽에 침입한 적을 죄여가며 도망 칠 곳을 없게 만들어버리는 전법이다.

일단 발동된 천라지망을 벗어난다는 것은 거의 불가능한 일인데, 유일하게 약점이 있다면 외부에서의 공격에 취약하다는 것.

이런 약점을 감수하면서까지 천라지망을 펼치려는 것은 지금 상황에선 이것 이외엔 방법이 없기 때문이었다.

게다가 놈들의 목표가 자신들이라고 한다면 반드시 치고 들어올 것이니.

상황이야 어찌되었든 천라지망이 완성되게 될 것이 분명했다.

"이걸로 놈들을 잡을 수 있을 런지는 알 수 없으나, 방법이 없구나. 방법이."

혀를 차며 자리에서 일어서는 그.

복잡한 고민도 끝났으니 이젠 직접 움직이며 사람들을 지휘해야 할 때였다.

단목성원이 이끄는 칠백의 인원.

그 대다수는 월각의 무인들이었다.

선발대의 인원을 셋으로 나누며 월각주는 단목성원에게 월각 무인들 대부분을 몰아주었고, 남은 인원은 단목성원을 지지하는 무인들로 채웠다.

반대로 장양운에겐 그를 따르는 이들과 중립적인 인물들로 채웠고, 정작 자신이 이끌어야 하는 자들은 실력이 떨어지는 자들로 구성했다.

그녀로선 당연한 일이었다.

이제 해야 할 일은 그동안 차지한 구역을 완전히 정리하는 것뿐이니 고수의 숫자가 딱히 필요 없는 것이다.

단목성원으로선 좀 아쉽긴 했다.

장양운에게 실력이 떨어지는 자들을 몰아줌으로서 제대로 된 활약을 펼치지 못하게 만들 기회였었으니까.

이 점은 두고두고 아쉬웠지만 단목성원은 월각주에게 따로 말을 하지 않았다.

그녀가 자신을 따르는 것은 사실이지만 그것은 일월신교에 괜한 혼란을 주기 싫었기 때문이라는 사실을 잘 알기 때문이다.

여기에 원칙을 중요하게 생각하는 것도 있었고.

이렇게 보면 자신에게 월각 무인들을 밀어 준 것만으로도 단목성원은 만족해야 했다.

'이 인원으로 해결을 보지 못하면 오히려 내 능력의 부족함을 세상에 알리는 꼴이 되겠지.'

월각이다.

일월신교를 구성하는 오각 중 서열 이 위.

이런 자들을 이끌고서 청성하나 처리하지 못한다는 것은 웃음거리가 되고도 남음이 있을 터였다.

당장 신교와 중원 무림과의 실력차이만 하더라도 엄청

나고, 전력을 살펴도 비교가 되지 않을 수준이다.

비록 인원이 겨우 칠백 밖에 되지 않는다고 하지만 이것이 핑계가 될 순 없는 일인 것이다.

"멈춘다."

단목성원의 명령과 함께 그를 중심으로 원을 그리며 빠르게 뭉치는 수하들.

빠르게 달려왔음에도 숨소리 하나 흩어지지 않는 수하들을 보며 만족스런 얼굴로 고개를 끄덕인 그가 저 멀리 보이는 청성산으로 시선을 돌리며 말했다.

"청성이 코앞이다. 멍청하지 않고서야 아무런 준비를 하지 않았을 리가 없겠지. 각오는 다들 되어 있나?"

후욱.

말은 없지만 끓어오르는 투기가 대답을 대신한다.

그에 고개를 끄덕이는 단목성원.

"오늘 우리는⋯ 본교가 만들어갈 역사의 큰 획을 그을 것이다! 가자!"

파앗!

파바밧!

처음부터 정체를 감출 생각은 조금도 없었다.

청성에 많은 인원이 모여 있다는 것은 이미 보고를 통해 알고 있었다.

그럼에도 단목성원은 정면에서부터 치고 올라갔다.

이유는 단순했다.

그러고도 남을 충분한 능력이 있기 때문이다.

성공적으로 끝나게 되면 자신에 대한 평판 역시 치솟아 오를 것이 뻔했다.

장양운이 아미의 일을 잘 처리하더라도 상관없다.

결국 승기는 자신에게 오게 될 테니 말이다.

거침없는 살기와 투기, 마기를 온 사방에 뿌리며 단숨에 청성을 향해 일직선으로 달리는 단목성원들은 금세 발각되었고, 사방으로 호각 소리들이 요란스럽게 울려댄다.

삐이익!

삐익!

"적이다!"

"침입자다! 잡아라!"

"죽여."

단목성원의 짧은 명령과 함께.

피 터지는 싸움이 시작되었다.

❖

"시작이로군."

시끄러워진 청성과 분주하게 움직이는 무인들을 보며 휘는 차갑게 웃었다.

"아무래도 다시 싸워야 할 모양이다."

툭.

우웅, 웅―.

가볍게 혈룡검을 두드리자 기다렸다는 듯 용음을 토해내는 녀석.

청성으로 향하며 될 수 있으면 장양운이 오길 바랬지만 아쉽게도 놈은 아니었다.

하지만 부족한 상대도 아니었다.

단목성원.

이전에 승부를 내지 못했던 놈을 만날 수 있게 되었으니까.

"이번에는 확실히 끝을 봐야 하겠지. 어렵게 느껴지지도 않으니."

그 말처럼 휘는 단목성원을 어렵게 생각하지 않았다.

이전에는 호각. 아니 자신이 살짝 밀렸던 것을 인정하지 않을 수 없었으나 이젠 아니었다.

혈마공 3단계를 완전히 자신의 것으로 만든 지금 놈은 자신의 상대가 될 수 없었다.

거기다 팔 하나가 없는 상태로 뭘 할 수 있겠는가?

'다시 나온 것을 보면 회복을 한 것으로 생각은 되지만, 그뿐이겠지. 어려운 일은 아니겠어.'

솔직하게 말해서 장양운이 이 자리에 왔다면 어쩌면

어려운 싸움이 될 수도 있었을 것이다.

장양운에 대해서만큼은 장양휘도 쉽게 장담을 할 수 없으니 말이다.

"준비해."

"예."

휘의 명령이 떨어지자 여기저기서 휴식을 취하던 암영들이 하나 둘 자리에 모여든다.

처음부터 청성에 합류하지 않은 이유는 하나였다.

합류하게 되면 자신의 뜻대로 움직이기 어렵기 때문이다. 여기저기 신경 써야 할 것들도 많고.

결정적으로 암문의 존재에 대해 그리 좋게 보지 않는 이들은 여전히 많았기에 좋지 않은 일에 휘 말릴 위험도 많았다.

"우선 청성의 대응을 살피다가 합류한다. 언제든지 움직일 수 있도록 준비해."

말을 하면서도 휘의 시선은 저 멀리 청성산에서 떨어지지 않았다.

비록 눈으로 모든 것을 확인 할 수 있는 거리는 아니었으나, 자연스럽게 청성 주변에서 풍기는 기운들은 보지 않아도 상황을 알 수 있게 만들어 주고 있었다.

살기, 투기, 마기… 무림에서 찾을 수 있는 모든 기운들이 한 자리에 얽혀 들어가며 복잡한 양상을 만들어 낸다.

'빠르네.'

하지만 분명한 것 하나는.

아무도 저들을 막지 못하고 있다는 것이었다.

단목성원을 위시한 일월신교 무인들은 엄청난 속도로 청성산을 향하고 있었다.

暗罪冥家 91章

91 章

으아악!

크학!

비명과 함께 쏟아지는 붉은 피.

사방에 울려 퍼지는 비명과 청성산을 향하는 붉은 피를 보며 단목성원은 만족스런 미소로 검을 휘두른다.

쯔컥─!

단숨에 허공을 격하며 날아간 검기가 다가서는 자들의 몸을 가른다.

놈들이 자신들을 상대하기 위해 천라지망을 펼쳤다는 사실은 진작 눈치 챘다.

그럼에도 단목성원은 계획을 바꾸지 않았다.

굳이 계획을 변경할 이유를 느끼지 못했기 때문이었다.

푸화확!

허공으로 튀어 오르는 피.

결과를 보라.

누구하나 자신들의 발걸음을 막아서지 못했으며, 조금의 압박감도 주지 못했다.

검을 휘두르는 족족 죽어나간다.

도저히 상대가 되지 않는다고 느낄 무렵 마침내 청성산의 초입에 도달 할 수 있었다.

"호?"

멈추진 않았지만 눈을 빛나는 단목성원.

숫자는 많지만 유난히 고수가 적다고 생각했더니 이곳에다 모여 있었던 모양이다.

"이제야 좀 재미있겠네. 몸은 다들 풀었겠지?"

"예!"

물음에 힘차게 대답하는 수하들.

"단숨이 밀고 올라가자고."

"존명!"

파파팟!

명령이 떨어지기 무섭게 그들이 몸을 날린다.

부들부들!

아래가 내려다보이는 곳에 서서 상황을 주시하고 있던 청성 장문인은 떨려오는 몸을 주체 할 수 없었다.

"이렇게… 이렇게까지 차이가 나는 것인가!"

충격적이었다.

놈들이 강할 것이라 생각은 했지만 천라지망이 단숨에 무용지물로 돌아가고 청성 초입에 세웠던 고수들이 아무런 역할을 하지 못할 것이라곤 생각지도 못했다.

최소한 놈들의 수를 제법 줄일 수 있을 것이라 생각했는데 전혀 그러질 못했다.

"우우…."

"이, 이것이 일월신교의 진짜 모습이란 말인가!"

"꿈, 꿈인가? 이건 꿈인가?"

혼란스러워하는 사람들.

점창을 돕기 위해 달려온 속가제자들 중에 실력과 문파의 규모가 있는 자들만 남았음에도 불구하고.

누구하나 예외 없이 당황해 하고 있었다.

방금 전까지 어렵지 않은 싸움이 될 것이라며 자신감에 넘쳐 있던 모습은 어디로 간 것인지 조금도 찾아 볼 수 없다.

비단 그들뿐만 아니라 청성 무인들 역시 충격을 받은 모습이다.

그나마 장문인인 청천검이 처음부터 놈들을 예의주시하며 중심을 잡고 있었기에 버티고 서 있는 것이지. 그렇지 않았다면 다 함께 정신이 날아 가버리는 경험을 했을 지도 몰랐다.

"자, 장문인. 이제, 이제 어떻게 해야 합니까?"

"바, 방법이. 방법이 있지 않겠습니까?!"

장문인에게 달라붙는 사람들.

너무 소극적이라며 흉을 보던 자들이 이젠 마지막 남은 구명줄이라도 되는 냥 그에게 달라붙는다.

"후…."

긴 한숨과 함께 청천검은 두근거리는 마음을 진정시키기 위해 노력했다.

비록 놈들이 자신이 생각했던 것보다 더 강한 것은 사실이지만 이것 또한 가정하지 않았던 것도 아니다.

"청성 제자들은 듣거라!"

"명!"

내공을 실은 그의 외침에 일제히 고개 숙이는 무인들.

"지금 즉시 청풍백연진(靑風百緣陣)을 발동한다!"

"존명!"

명령이 떨어지기 무섭게 빠르게 움직이는 청성의 제자들.

청풍백연진은 청성파가 펼칠 수 있는 최대의 진법이지만, 그 엄청난 규모 때문에 실제로 쓰인 적은 손에 꼽을 정도다.

거의 쓰이진 않으나 청성의 무인이라면 어린 시절부터 배우는 것이 청풍백연진이기도 하기 때문에 명령에 따라 움직이는 것엔 아무런 문제가 없었다.

정작 청풍백연진이라는 말에 놀란 것은 장문인의 곁에 서 있던 장로들과 속가제자들이었다.

"헉! 장문인!"

"청풍백연진이라니요…!"

"그것은…!"

다급히 장문인을 말리려드는 사람들.

하지만 청천검은 그들의 말을 듣지 않겠다는 듯 아예 품에서 청성 장문인임을 뜻하는 장문령을 꺼내 들었다.

"장문령입니다. 지금 즉시! 합류하세요!"

"…명을 받듭니다!"

파바밧!

팟!

장문령의 등장에 입을 다문 그들이 일제히 청풍백연진에 합류하기 위해 움직인다.

청성의 제자인 이상 어떤 명령이라도 거부 할 수 없는 장문령. 장문인이 평생 단 한 번만 쓸 수 있고, 장문령을 사용한 이후엔 장문인으로서의 힘을 잃게 된다.

그런 장문령을 꺼내 들었다는 것은 청풍검도 그만큼 절박하다는 뜻이기에 다들 물러선 것이다.

물러서지 않았더라도 장문령인 이상 어쩔 수도 없지만.

'청풍백연진은 숫자가 많으면 많을수록 강한 힘을 발휘하는 진법이긴 하지만… 저들에게 통할지는 미지수. 진법을 통해 저들의 발을 묶어두는 사이.'

스르륵.

조용히 장문인의 뒤로 모습을 드러내는 늙은 노인.

아니, 그 뿐만이 아니었다.

거의 수십에 이르는 노인들이 하나 같이 푸른 도복을 깔끔하게 차려 입은 상태로 장문인의 뒤편에 선다.

"준비는 끝나셨소, 장문인?"

"장문령을 사용한 지금은 더 이상 장문인이 아닙니다, 사부님."

"허허, 빠르구나."

웃으며 청천검의 말을 받는 것은 놀랍게도 죽은 것으로 알려진 청천검의 사부.

선운검 학청도사였다.

비단 선운검 뿐만 아니라 그의 뒤편으로 늘어선 모든 이들이 전대 혹은 전전대의 고수들이었다.

"그만큼 적이 강하다는 뜻이겠지요. 조용히 마지막을 준비하셨을 사부님들을 다시 끌어낼 정도로 말입니다."

"되었다. 우리를 다급히 부를 정도면 이렇게 떠들고 있기 보단 조금이라도 더 빨리 움직여야 하지 않겠느냐?"

사부의 말에 돌아선 청천검이 모두를 향해 고개를 숙인다.

"어쩌면. 어쩌면 이 일로 인해 죽을 수도 있습니다. 하지만 사과는 이것으로 끝내겠습니다. 이 길이 청성의 미래를 위하는 길이라 믿기 때문입니다."

청천검의 옳곧은 말에 모두의 얼굴에 미소가 서린다.

"가자."

툭.

웃으며 청천검의 어깨를 두드린 선운검의 말과 함께.

청성 최강이자 최후의 무기라 할 수 있는 은거기인들이 움직이기 시작했다.

투확!

발로 걷어찬 돌에 머리가 터져나가며 죽어가는 청성 무인. 아니, 청성의 속가제자들로 보이는 자들을 빠른 속도로 해치워가며 단목성원은 빠른 속도로 청성을 오르고 있었다.

여전히 사방에서 들려오는 비명과 피 냄새는 몸을 끓어오르게 만든다.

"막아라!"

"막으란 말이다!"

필사적인 명령이 떨어지지만.

붉은 피로 온 몸을 적신 단목성원들의 앞을 향해 움직이는 자들의 숫자가 크게 줄어들어 있었다.

당연한 일이었다.

누가 보더라도 실력의 차이가 심한데다, 수많은 이들이 달려들었음에도 불구하고 그 결과는 싸늘한 시신이지 않은가.

아무리 청성의 속가제자라곤 하지만 이렇게 비참하게 죽고 싶은 생각은 누구에게도 없었다.

스컥!

왼팔 하나로 검을 휘두르면서도 누구의 접근도 허용치 않는 단목성원.

오른팔을 잃어버리기 전과 전혀 다를 것이 없는 힘을 발휘하는 그의 모습에 뒤를 따르는 수하들의 얼굴에 미미한 미소가 걸린다.

다른 사람도 아닌 그를 추종하는 자들이니 만큼 단목성원의 회복이 누구보다 반가운 것이다.

반대로 이들을 상대해야 하는 청성의 입장에선 죽을 맛이었지만.

"청풍백연진을 펼친다!"

"속가제자들을 제외한 타 문파의 협객들은 뒤로 몸을 피하시오!"

"자리를 잡아라!"

갑작스레 위에서 내려온 명령과 함께 일사분란하게 움직이는 저들을 보며 단목성원은 결코 멈추지 않던 발걸음을 멈췄다.

"발악을 해보려고 하는 건가? 나쁘지 않지."

본래대로라면 이대로 쭉 치고 올라가서 단숨에 정리를 하는 것이지만, 계획을 바꿔서 놈들이 비장의 한 수를 펼치려고 하는 것을 박살내는 것도 나쁘지 않았다.

오히려 이쪽이 더 나을 것이다.

작은 희망조차 박살을 내버릴 수 있을 테니까.

그런 단목성원의 뜻을 알아차린 것인지 수하들이 그의 뒤편으로 늘어선다.

"자… 어떻게 나오려나?"

살기 가득한 눈으로 청성의 움직임을 지켜보던 그의 얼굴이 살짝 굳는다.

청풍백연진이라 불리는 합격진이 완성됨과 동시.

청성산 전체를 감싸는 거대한 정의 기운!

푸른색의 기운이 넘실거리며 단목성원들이 뿌리는 마기와 살기를 제압해간다.

그 엄청난 규모에는 단목성원도 놀라지 않을 수 없었다.

"하! 이거 재미있겠는데?"

아주 잠시 놀라긴 했지만 그뿐이었다.

제법 놀라운 짓을 만들어 내긴 했지만 여전히 그 실력의 차이는 쉽게 메울 수 있는 것이 아니었다.

우우우!

쩌적! 쩍!

단목성원의 몸에서 막강한 기운이 흘러나오며 푸른 기운과 대치하기 시작하자, 뒤를 이어 수하들 역시 아낌없이 기운을 흘려낸다.

마치 이제까진 몸 풀기에 지나지 않았다는 듯 이전과 비교 할 수 없는 기세였다.

진을 구성하고 있는 최선두에 선 청성 제자들의 얼굴이 굳어있고. 그들이 손에 쥔 무기가 부르르 떨릴 정도로 강하게 쥐고 있다.

긴장과 흥분의 경계 선상에 선 그들.

기운의 대치가 이어지고 있던 그때, 마침내 명령이 떨어졌다.

"발동!"

"우와아아아!"

명령과 동시 터져 나오는 함성.

그리고 푸른 기운이 단목성원들을 향해 단숨에 달려든다.

스르륵.

어둠을 틈타 은밀하게 움직이는 이들이 있었다.

여전히 청성산 주변으로 천라지망이 촘촘하게 자리를 지키고 있는 상황이지만 이들을 발견하고 제지하는 자는 누구도 없었다.

"제길! 저런 괴물들을 어떻게 상대하라는 거야?"

"지금이라도 본산에서 나섰으니 다행이라고 봐야지."

"쯧, 그래야겠지? 어쨌거나 실수야, 실수. 일월신교 놈들이 저렇게 강할 거라곤 생각지도 못했는데 말이야."

"누가 아니래나? 걱정이로군."

청성을 바라보는 자세로 자리를 지키고 있는 무인들의 넋두리를 들으며 휘는 조용히 자리를 옮겼다.

암영들이 휘의 지시에 따라 은밀하게 어둠을 틈타 움직인다.

작정하게 몸을 숨긴 암영들을 찾을 수 있는 사람은 적어도 이들 중엔 없었다.

무림에서도 손에 꼽는 고수들이 아니라면 암영들을 발견한다는 것은 사실상 불가능한 일이었고, 그 정도 되는 고수들은 청성산에 집중되어 있기에 아무런 제지도 없이 초입에 도달 할 수 있었다.

'제법인데? 청성의 저력이라는 건가?'

위쪽에서 느껴지는 기의 소용돌이가 보통이 아니었다. 오는 중에 청풍백연진이라는 것을 펼친다는 이야기를 듣긴 했는데, 기대 이상의 위력을 발하고 있었다.

물론 기대 이상이지만 이것이 놈들에게 먹힐 것이라 생각지는 않았다.

'신교의 일반 무인도 아니고, 오각의 하나… 그 중에서도 월각 무인일 확률이 높지. 선발대 자체를 월각주가 이끌었으니까.'

머릿속으로 빠르게 상황을 정리하는 휘.

발걸음을 멈춘 휘를 따라 어둠속에서 조용히 대기하는 암영들.

아직까진 누구에게도 들키지 않았지만 저 위에서 소용돌이치는 기운을 보니, 계속해서 숨어 움직이는 것도 만만치 않은 일이었다.

기운을 동화시켜 숨어야 하는데 그럴 수 없을 정도로 빽빽하고, 강렬하게 흐르고 있었으니까.

'좀 더 지켜볼까?'

제일 좋은 것은 역시 지켜보는 것이었다.

월각쯤 되면 아무리 암영들이라 하더라도 상대하기 까다로운 부분이 있으니, 청성에서 숫자를 줄여주길 기다리는 것이다.

무엇보다 암영들의 희생이 적어야 하니까.

문제는 청성의 희생이 커져서도 곤란하다는 것이다.

청성 역시 구파일방의 하나이고 정도맹의 큰 축이다. 이들이 무너져 내린다면 중원 무림에 결코 좋을 것이 없다.

그것은 아미 역시 마찬가지였지만, 어쩌겠는가.

자신은 이미 이곳에 있는 것을.

아미까지 동시에 해결하기엔 어려운 부분이 많았다.

'그쪽은 연락을 취해놨으니 알아서들 하겠지. 그보다 문제는 어떻게 하느냐인데….'

길게 고민할 것도 없다.

훗날을 생각한다면 움직일 수밖에 없는 상황이니까.

슥.

손을 들자 바로 움직이기 시작하는 암영들.

청성에서 무엇을 노리고 있는 것인지 알 수 없지만, 저들이 정말로 한계에 몰리기 전에 도와야 했다.

아직 진짜 싸움은 시작도 되지 않았다.

갈 길이 아직도 멀기만 한데, 벌써부터 떨어져 나가게 만들 순 없는 것이다.

"결판을 내보자."

휘 역시 정상을 향해 움직이기 시작한다.

쩌정! 쩌억!

쉬지 않고 검을 휘두르는 단목성원의 얼굴엔 희열이 가득했다.

자신의 움직임 하나하나에 죽어가는 자들을 보며 진정 즐거워하고 있었다.

자신이 바랬던 신교의 모습이 이러할까.

단목성원 뿐만 아니라 그를 따르는 수하들 역시 비슷비슷한 얼굴들이었다.

인내하며 참아오기만 했던 자신들의 능력을 마음껏 펼칠 수 있는 전장이 펼쳐졌음이니. 어찌 기뻐하지 않을 수 있겠는가.

정작 이들을 상대하고 있는 청성 무인들로선 죽을 맛이었지만.

쿠구구-.

청풍백연진이 가져다주는 엄청난 압박감을 단목성원은 가볍게 무시했다.

대단하긴 했지만 자신의 움직임을 멈추게 하기엔 턱 없이 부족했다.

청성이 도가로서 명성을 날리고 있다곤 하지만 항마(降魔)로 유명한 것은 아니었다.

이는 청성의 유래 자체가 항마와 거리가 먼 탓이었다.

그렇다고 청풍백연진이 주는 압박이 쉬이 무시 할 수 있는 정도인 것은 아니다.

그저 이들이 강할 뿐이다.

터무니없을 정도로 말이다.

"크악!"

"죽어어어!"

비명을 내지르면서도 물러서지 않고 달려드는 청성 제자들.

자신들의 공격이 제대로 통하지 않다는 것을 알고 있으면서도 그들은 쉬지 않고 달려들었다.

청풍백연진이 펼쳐졌다는 것은 곧 청성이 할 수 있는 마지막 비장의 수가 떨어졌다는 것.

다시 말해 여기서 놈들을 막지 못하면 청성이란 이름 자체가 사라질 수도 있는 상황인 것이다.

그것만큼은 어떻게든 막아야 했다.

그렇기에 그들은 자신의 목숨을 버려가며 놈들을 향해 달려들었다.

즈컥.

또 한 사람의 목을 베어낸 단목성원이 슬쩍 뒤로 물러선다.

시간이 흐를수록 놈들이 펼치는 합격진이 주는 압박감이 강해지고 있었다.

자신이야 상관없다고 하지만 수하들까지 그런 것은 아니다.

"일월진(日月陣)을 펼쳐라."

"명!"

츠츠츠!

명령이 떨어지기 무섭게 좁은 공간에서 이동을 시작하는 신교의 무인들.

눈 깜짝 할 사이 일월진이 완성되고.

우우웅!

청풍백연진의 기운에 대항하는 마기가 하늘 높이 치솟아 오른다.

붉게 물들기 시작하는 신교 무인들.

단목성원 역시 예외는 아니었다.

일월진은 일월신교의 무인이라면 누구나 배우는 것이지만, 그 위력만큼은 대단했다.

일월진을 펼치기 위한 최소의 인원만 만족시킨다면 언제든 발동시킬 수 있을 뿐만 아니라, 그 이상은 인원의 제한도 없다.

특징으론 눈이 붉어지지만 대신 마기를 증폭시키고 힘을 공명함으로서 막대한 위력을 발한다.

"다시 시작해 볼까?"

촤아악!

말이 떨어지기 무섭게 그의 왼손 검에서 뻗어나간 기운이 단숨에 청성 제자의 목을 벤다.

그러길 일다경.

"음?"

목숨을 버리며 달려들던 청풍 제자들의 주춤거리며 뒤로
물러서고.

그 자리를 나이든 이들이 채워 선다.

함성도 환호도 없다.

하지만 저들의 등장과 함께 바뀌는 분위기.

그것으로 충분했다.

'청성 비장의 무기의 등장인가?'

우웅, 웅.

그의 손에 들린 검이 공명한다.

신교의 보검들 중 하나라 부족한 점은 없지만 일월검과
비교 할 순 없다.

손에 착착 감기는 맛이 있던 일월검을 찾기 위해서라도
청성은 오늘 문을 닫아야 했다.

"쳐라!"

길게 말을 할 것도 없다는 듯 일제히 달려드는 노인들.

겨우 수십에 불과한 숫자였지만.

콰콰쾅-!

쩌적!

그들이 가진 힘은 이제까지 등장한 자들과 그 격이 달랐
다.

연신 밀리기만 하던 싸움이 처음으로 팽팽해졌지만 그 모습을 어느 사이에 나타나 지켜보는 청천검의 얼굴은 그리 밝지 않다.

'비장의 한 수를 투입하고서도 겨우, 겨우 비등한 정도란 말인가? 아니, 밀리는 건가.'

당장은 밀리는 기색이 없지만 오히려 그것이 문제라는 것을 그는 잘 알고 있었다.

전대의 원로들이 잘 해주고 있지만 그들의 체력은 그리 대단하지 않다. 실력은 대단하지만 그 육체적 능력은 감소되었기 때문이다.

싸움이 길어진다면 당연히… 불리 할 수밖에.

그렇기에 처음 상대하는 지금 놈들을 압도해야 하는데, 그러질 못하고 있었다.

으득!

'이대로 청성을 버리시려는 것입니까!'

하늘을 바라보며 이를 악무는 청천검.

바로 그때였다.

─처음 뵙겠습니다. 암영 중의 하나인 백차강이라 합니다.

움찔!

갑작스레 귀를 파고드는 전음에 깜짝 놀라는 청천검.

하지만 이내 자연스런 시선으로 주변을 훑어보지만 어디

서도 그 모습을 찾을 수 없었다.

─결례라는 것은 알겠으나 이대로 이야기를 하겠습니다. 현재 주변으로 본문의 암영들이 대기 중입니다. 이곳은 청성의 집이라 할 수 있는 곳. 저희가 움직이려면 장문인의 허가가 필요합니다.

부르르!

백차강의 말이 끝나기 무섭게 몸을 떠는 청천검.

그 짧은 시간 자신의 모든 것을 동원했지만 도저히 어디에 숨어서 전음을 날리는 것인지 알 수 없었다.

아니, 그것이 중요한 것이 아니다.

암문이.

그들이 이곳 청성에 도착했다는 것이 중요하지.

'소문이 맞다면… 하늘이 청성을 버린 것이 아니었구나!'

소문의 반만 진실이라 하더라도 그들이 놈들을 이곳에서 물리는 것이 가능할 것이다.

어쩌면 모두 죽일 수도 있을 것이고.

─장문인의 허락을 필요로 합니다. 괜찮으시겠습니까?

끄덕.

어차피 대답 할 상대를 찾지 못하였기에 청천검은 작게 고개를 끄덕였다.

의사를 전달하기엔 이것으로 충분했다.

-감사합니다. 저분들을 뒤로 물려주시면 그 뒤는 저희가 알아서 하겠습니다.

"물러서라!"

쩌렁쩌렁!

백차강의 목소리가 끝나기 무섭게 빠르게 명령을 내리는 청천검.

사실 전음으로만 들었기에 저들이 진짜 암문 무인이라는 확신은 없다. 하지만 청천검은 믿었다.

진짜 암문 무인이라고 말이다.

갑작스런 장문인의 명령에 치열하게 싸우고 있던 전대 원로들이 분주히 뒤로 물러선다.

숨을 헐떡이는 것이 조금만 신호가 늦었어도 기세가 넘어 갈 뻔했다.

그리고.

그들이 뒤로 빠진 자리로 암영들이 모습을 드러낸다.

스스슥.

스슥.

단숨에 놈들을 포위하며 모습을 드러내는 암영들.

화령의 조가 빠졌기에 사백도 채 되지 않는 숫자지만, 청성에서도 제법 노력을 한 덕분에 단목성원이 이끄는 자들 역시 비슷한 숫자였다.

저들이야 말로 진짜 월각의 무인이라는 것이 부담스럽긴

하지만, 더 이상 늦출 수 없다는 것이.

휘의 판단이었다.

그렇기에 백차강에게 청성 장문과 교섭할 것을 명령하곤 자신은 단목성원의 모습을 유심히 지켜보았다.

놈들 정도면 자신들을 눈치 챌 수 있겠지만 운이 좋게도 두 합격진의 기운이 충돌하며 기운이 뒤섞이는 바람에 흔적을 완벽하게 숨길 수 있었다.

그리고 살핀 놈의 모습.

'확실히 회복했군. 아직 조금씩 부족한 부분이 보이지만 이전에 내가 상대했던 것과 크게 떨어지지 않는 모습이야.'

냉정하게 놈에 대해 판단했다.

하지만 이곳에 오기 전부터 생각했지만 놈은 자신의 상대가 될 수 없었다.

이전엔 자신이 조금 밀리는 모양새였지만 이젠 아니었다.

놈이 제자리걸음을 하는 동안 자신은 혈마공 3단계를 완벽하게 익히지 않았던가.

그 고생을 하고서 같은 위치에 섰다면 억울해도 엄청 억울할 것이다.

그러는 사이 저들이 뒤로 빠지고 암영들이 모습을 드러내자, 휘 역시 천천히.

천천히 놈의 앞에 모습을 드러낸다.

"네놈…!"

휘의 등장과 함께 단목성원의 표정이 일그러지며 거친 살기가 사방에 휘날린다.

"오늘은 끝을 봐야지. 안 그래?"

"그래. 네놈의 얼굴을 보는 것도 오늘을 마지막으로 해 야 하겠지!"

으드득!

이를 가는 소리가 제법 거리가 있음에도 선명하게 들릴 정도로 단목성원의 분노는 뿌리가 깊었다.

당연한 일이었다.

자신의 심복이었던 일각주가 죽은 것도 모자라, 자신의 오른팔을 빼앗아 가버렸던 놈이지 않은가.

놈에 대한 살기가 일어나지 않을 수 없었다.

'당장에라도 죽이고 싶은 마음은 굴뚝같지만….'

앞뒤 가리지 않고 달려들 뻔 했지만 억지로 마음을 붙 들고 보니 놈이 데리고 온 수하들의 면면이 만만치 않았 다.

기세에서 밀리지 않는 것도 그렇지만 조금도 물러설 기 미가 보이지 않는다.

다시 말해 자신의 실력에 자신이 있다는 것이다.

'놈도 말이지.'

으득!

그날 그렇게 당하고서도 자신의 앞에 당당히 선 이유가 무엇이겠는가. 자신을 상대할 자신이 있기 때문이지 않겠는가.

　'만약, 만약 네놈이 날 상대할 자신감을 얻은 근거가 이 팔 때문이라면. 지옥을 보여주마!'

　이를 악문 단목성원이 몸 안의 막대한 내공을 일깨우자 그의 몸에서 이제까지와 비교 할 수 없는 거친 기운이 연신 흘러넘친다.

　크르르.

　그에 맞춰 휘의 몸 안에 똬리를 튼 혈룡들이 낮게 운다.

　자극을 받은 것이다.

　그에 휘 역시 놈들의 풀어 놓았다.

　쿠오오오!

　단숨에 휘의 몸을 한 바퀴 돈 놈들이 세상을 향해 포효를 하마 뛰쳐나오고.

　쿠구구구.

　둘의 기운이 부딪치며 대지가 흔들린다.

　그렇지 않아도 거센 기운이 연속적으로 부딪치며 지반이 약해졌는데, 둘의 기운이 거침없이 충돌하자 비명을 지르기 시작한 것이다.

　"다른 생각 할 필요가 있나. 서로를 잡으면 되는 일이지."

"크크. 크크큭! 그래, 그러면 되는 일이… 지!"

파앗!

단숨에 휘를 향해 달려드는 단목성원.

그런 놈의 움직임에 멈춰 휘 역시 단숨에 혈룡검을 뽑아들며 마주 달려간다.

쩌엉-!

두 자루의 검이 얽혀들며 두 사람의 싸움이 시작된다.

그것을 신호로 암영들 역시 신교 무인들을 향한 공격을 시작했다.

훗날 청성혈사로 기록되는 싸움의 시작이었다.

삼안비금사(三眼飛金蛇).

그 이름처럼 세 개의 눈과 금빛 가죽이 자랑인 뱀이 있다. 영물 중의 영물로 놈의 가장 큰 특징은 앞의 두 가지가 아니라 바로 등에 달린 작은 날개로 날아다닌다는 것이다.

놈을 잡았다는 것이 무림의 기나긴 역사 속에서도 거의 없을 정도로 귀한 놈이지만, 놈에 대한 기록은 한 결 같다.

미친 듯이 빠르고 변화무쌍하며 그 공격성이 보통이 아니었다고.

단목성원의 검이 그러했다.

마치 삼안비금사가 적을 공격하듯 엄청난 빠르기와 다채로운 변화. 그리고 강렬한 공격 의지까지.

어디 하나 빠지지 않는 공격이 연신 이어지고 있었다.

이전의 모습을 전혀 찾아 볼 수 없을 정도로 전투적으로 나서는 그를 보며 휘는 연신 놈의 검을 받아치며 자리를 지켰다.

대단한 공격임은 분명하지만 그렇다고 휘가 막아내지 못할 것도 없었다.

솔직히 팔 하나를 잃어버리고 이 짧은 시간동안 이런 실력을 되찾은 것은 정말 대단한 일이었다.

왜 그가 일월신교주의 첫 번째 제자인지 알 수 있을 것 같았다.

'놀라운 것은 사실이지만.'

힐끔.

곁눈질로 주변 상황을 살피는 휘.

암영들과 신교 무인들 사이에 팽팽한 싸움이 이어지고 있었다.

사실상 월각 무인들이라고 봐야 하는 놈들이다 보니, 암영들로서도 단숨에 놈들을 제압 할 수 없었다.

하지만 반대로 암영들의 발전은 눈부셨다.

누구 하나 월각 무인들에게 밀리지 않고 있었다.

신교의 핵심이라는 오각.

그 중에서도 서열 이 위라는 월각의 무인들을 상대로 말이다.

'나쁘진 않군. 남은 건⋯.'

다시 놈을 향해 움직이는 휘의 시선.

'널 잡는 것 뿐.'

휘의 눈에 살기가 스쳐 지나간다.

마음을 먹기 무섭게 휘는 날아드는 놈의 검을 강하게 튕겨 냈다.

이제까지완 전혀 다른 방식의 대응에 잠시 흔들렸지만 단목성원은 노련하게 힘을 해소시키며 빠르게 달려든다.

츠츠츠.

그 짧은 틈에 휘는 이미 공격을 위한 준비를 마친 상태.

혈룡검 위로 선명한 붉은 검강이 만들어지고.

"흡!"

쩌저정!

콰지직!

거침없이 검을 휘두른다.

사방에서 날아드는 검강에 이를 악물며 검강을 만들어 빠르게 쳐낸다.

굉음과 함께 사방에 비산하는 강기의 파편.

날아드는 파편을 피하기 위해 다급히 몸을 움직이는 암영과 신교 무인들.

"뒤로 물러서라! 거리를 벌려라!"

청천검의 명령에 빠르게 물러서는 청성 무인들.

"장문인! 저들은 대체!"

갑작스런 등장에 당황하면서도 자리를 지키고 있던 장로들이 결국 궁금증을 이기지 못하고 장문인의 곁으로 모여든다.

"암문의 무인들이오."

"암문이라 하시면… 그곳을 말하는 것입니까?"

암문에 대해선 모두들 들은 적이 있었던 듯 놀란 눈으로 전장을 바라보는 사람들.

이들이 놀라는 이유는 모두 두 가지였다.

첫째가 저들이 이곳에서 갑작스럽게 모습을 드러낸 것이고, 둘째가 저들의 실력이었다.

소문이 무성하긴 했지만 그것을 믿지 않았었는데, 이젠 믿을 수밖에 없었다.

자신의 눈으로 본데다 도움까지 받았으니까.

"허허, 이거야 우리가 나서는 것보다 훨씬 더 낫구나."

어느새 청천검의 곁에 다가온 선운검 학청도사의 말에 장문인은 고개를 숙였다.

"아닙니다. 사부님들의 도움이 없었다면 벌써 큰일을 당해도 당했을 겁니다."

"허허, 그리 생각해주면 고맙구나. 그래도 저들의 실력은 정말 놀랍구나."

학청도사로선 놀라지 않을 수 없었다.

자신들보다 월등히 어린 자들이 저들과 비등하게 싸우고 있었다.

전력을 다하고서도 비등하게 싸웠던 자신들과 동일하게.

묘한 감정이 생기는 것도 사실이지만 학청도사를 애써 떨쳐냈다.

"세상이 바뀌고 있구나. 도태되는 자들은 더 이상 과거의 영화를 누리지 못할 것이야. 너 역시 충분히 준비를 해야 할 것이야."

"명심 또 명심하겠습니다. 장문의 자리에서 물러서겠지만 청성이 잘못된 길로 가지 않도록 지켜보겠습니다."

"음."

제자의 대답에 고개를 끄덕이며 전장으로 눈을 돌리는 그.

이야기를 듣고만 있던 장로들 중 몇이 전황을 살피다 입을 열었다.

"그런데 정말 저들이 놈들의 선발에 불과한 것입니까?"

"……."

누구도 그 물음에 답할 수 없었다.

답을 떠올리는 것만으로도… 두려워질 지경이었다.

겨우 선발.

그마저도 셋으로 나뉜 놈들에게 청성이 헤매고 있었다.

청성의 이름과 무림에서 주는 영향력을 생각한다면 있을 수 없는 일이었다.

상상조차 할 수 없었던 그런 일이… 지금 눈앞에서 벌어지지 않았던가.

만약 암문의 도착이 조금만 늦었다면, 청성은 화를 면치 못했을 것이 분명했다.

"어렵군, 어려워. 앞으로 무림의 앞날이 걱정되는 군."

"정도맹의 역할이 커지겠군요."

"커져야지. 놈들을 물리치기 위해서라도."

장로의 말에 대답을 하면서도 청천검의 두 눈은 휘에게서 떨어지지 않는다.

수하들과도 거리를 벌린 채 둘 만의 싸움을 벌이는 둘.

그 치열함이란 말로 설명하기 어려울 정도였고, 이들의 싸움이 앞으로의 판도를 결정하게 될 것이란 사실을 청천검은 잘 알고 있었다.

'부탁합니다.'

그리고 지금으로선 마음으로 승리를 바라며, 부탁하는 수밖에 없었다.

쐐애액!

날카로운 소리와 함께 순식간에 검이 늘어나더니 사방을 점하며 날아든다.

현란하게 눈을 유혹하지만 휘는 넘어가지 않았다.

어차피 눈을 홀리더라도 결국 놈의 검은 하나이지 않은가.

쩌엉-!

기에 대해선 누구보다 예민하게 반응하는 휘에게 이런 검술은 조금의 위협도 되지 않았다.

"큭!"

신음과 함께 빠르게 뒤로 물러서는 단목성원.

물러서기 무섭게 방금 서 있던 자리로 예리하게 스쳐 지나가는 혈룡검.

그 광경에 온 몸이 서늘해진다.

'대체 이 짧은 시간이 놈은 어떻게 이렇게 강해질 수 있는 거지? 빌어먹을!'

장양운도 그랬지만 눈 앞의 놈도 마음에 들지 않았다.

저 빌어먹을 핏줄을 타고난 놈들 모두가 자신의 앞을 가로막고 있었으니까.

"크아아악!"

괴성을 내지르며 다시 검을 휘두르는 그.

더 강하고, 더 빠르고, 더 강렬하게!

쯔카학!

기괴함 소리와 함께 휘를 향해.

눈을 현혹하는 변화도 없이 우직하게 날아드는 검.

단순히 자신의 몸을 베기 위해 날아드는 베기 동작이지만 그 안에 깃든 힘에 휘는 섬뜩함을 느꼈다.

피할 수 있다면 피하는 게 좋겠지만 하필 놈의 품으로 피고 들려던 찰나라 그럴 수 없었기에 재빨리 혈룡검에 내공을 잔뜩 주입하여 강하게 혈룡검을 휘둘렀다.

쩌어엉!

콰직! 콰지직!

둘의 검이 부딪치고.

그 힘의 여파로 단숨에 딛고 있던 땅이 무너져 내리고, 그 충격이 사방에 영향을 끼친다.

"컥!"

"우웩!"

제법 거리를 벌리고 있었음에도 내상을 입으며 피를 토해내는 청성 제자들.

순간적인 충격파를 이겨내지 못한 것이다.

그에 기겁하며 더욱 뒤로 물러선다.

명령이 떨어진 것도 아님에도 말이다.

하지만 청천검도 저들에게 뭐라 할 수 없었다. 그 강렬함 앞에 경악을 한 것은 그도, 장로들도 마찬가지였으니까.

"거리를 더 벌려라!"

뒤늦게 정신을 차린 청천검의 명령에 빠르게 반응하는 제자들.

이제와선 청풍백연진을 펼칠 수 없을 정도로 뒤로 물러서야 했지만, 어차피 상관 없었다.

이 싸움의 끝은.

저 두 사람이 결정하게 될 테니까.

쩌엉!

둘의 검이 부딪칠 때마다 손바닥이 찢어질 듯 아프고, 온 몸에 강한 충격으로 휩싸이지만 이를 악물고 버텨낸다.

여기에서 밀리는 쪽이 끝이라는 것을 잘 알기 때문이다.

하지만 궁극적으로 밀리고 있는 것은 역시 단목성원이었다.

그가 제자리걸음을 하는 동안 휘는 상상을 초월할 정도로 자신의 실력을 쌓지 않았던가.

어찌 보면 지금까지 그가 버틴 것이 대단할 정도였다.

전력을 다한다면 놈을 어렵지 않게 끝낼 수 있겠지만, 휘는 그러지 않았다.

그러지 않고서도 놈을 잡아 낼 수 있다는 확신을 가졌기 때문이다.

자신의 실력을 모두 보이지 않고서 놈을 잡을 수 있다면 그보다 좋은 것이 없었다.

여기 어딘가에 어쩌면 자신의 이목을 속이고 자신을 관찰하고 있는 자가 있을 지도 모르는 일이니까.

자고로 무림에선 자신의 실력을 3할은 감추라고 했다.

놈들에게 한방 먹이기 위해서라도 휘는 자신의 실력을 어느 정도 감출 필요가 있었다.

쩌엉!

"음…."

'힘으로 하려는 건가?'

손으로 전달되는 강렬함을 느끼며 휘는 단목성원의 상태를 살핀다.

팔 하나가 없는 상태에서 이런 식으로 검을 휘두른다는 것은 독이 될 수밖에 없다.

이 사실을 그도 잘 알고 있을 것이다.

그렇기에 검에 변화를 준 것일 테다.

헌데 지금의 모습은 어떠한가? 오직 힘으로 우직하게 공격을 해오고 있었다.

오히려 이 편이 휘에게 잘 먹힌다는 것은 사실이지만 몸의 균형이 미세하게 무너진 상태에서 이런 공격을 지속한다는 것은 육체에 가중되는 부담이 너무 컸다.

'무슨 꿍꿍인지 모르겠지만.'

쿠오오오-!

내공을 크게 일으키자 혈룡들이 포효하며 엄청난 힘이 솟아오른다.

단숨에 혈룡검에 내공을 밀어 넣은 휘는 날아드는 놈의 검을 향해 강하게 휘둘렀다.

쩌어엉!

콰지직!

'피할 필요가 없지.'

오히려 이런 싸움은 휘에게 너무나 익숙한 것이었다.

서로의 검이 연신 부딪치며 힘 싸움의 양상으로 흘러가고 있을 때 단목성원은 손목이 시큰거리고 있었지만 이를 악물며 외면했다.

지금 물러선다는 것은 곧 죽음을 뜻하니까.

으드득!

'죽여버리겠어. 죽여버리겠어. 죽여버리겠어!'

"으아아아!"

결국 분노를 참지 못한 단목성원이 괴성을 내지르며 몸 안의 모든 기운을 폭발시킨다.

드드드!

그의 파괴적인 기운에 지축이 흔들리고 사방이 검은 마기로 물들어가지만.

휘는 태연하기만 하다.

그 태연한 얼굴이… 단목성원은 마음에 들지 않았다.

"죽여버리겠어!"

쿠오오오!

그의 검에 몰려드는 어마어마한 양의 기운들!

어찌나 많은 기운이 몰리는 것인지 검강이 제 형체를 유지하지 못하고 마치 불꽃처럼 피어오른다.

제대로 된 이성이 있었다면 이것이 결코 좋은 일이 아니라는 것을. 내공이 폭주하고 있다는 것임을 깨달았겠지만.

아쉽게도 더 이상 단목성원에게 그런 이성 따윈 조금도 남아 있지 않았다.

오히려 상대인 휘가 그의 상태를 한 눈에 꿰뚫어 보았다.

'주화입마… 라고 봐도 되겠네. 마지막 발악이겠지.'

놈을 중심으로 몰아치는 거대한 폭풍.

분명 대단하고 무시무시한 것이었지만 정작 휘는 아무런 위협도 느끼지 못했다.

겉으로는 대단해 보이지만 실상 그 막대한 기운이 사방에 아무렇지 않게 흘러나가고 있었으니까.

저 기운이 제대로 한 점을 향해 흘러간다면 휘로서도 얕볼 수 없는 무서운 공격이 되었겠지만, 아쉽게도 그러지 못했다.

"후우…!"

길게 숨을 토해내며.

휘는 혈룡검에 내공을 불어 넣었다.

놈이 보여주지 못한 것을 보여주기 위해.

우웅, 웅-.

얼마든지 밀어 넣으라는 듯 혈룡검이 용음을 토하고.

쿠오오오!

세 마리의 혈룡이 포효하며 필요 하는 내공을 얼마든지 받쳐준다.

스믈스믈…

혈룡검 위로 붉은 검강이 피어오르고.

단목성원의 것과 비슷할 정도로 커지지만 검의 형체를 유지한다.

그러다 일순간.

슈우욱!

바람이 새는 소리와 함께 줄어들기 시작하는 검강.

그것은 서서히 새로운 모습을 잡아가기 시작하고, 곧 작은 원을 이룬다.

검 끝에 매달린 작은 환(環).

검강의 극의라 불리는.

검환(劍環)이었다.

쩌정, 쩌정, 쩡!

혈룡검이 연신 들썩이며 당장이라도 고도로 압축된 힘을 발출하려 들고.

검환이 완성되자 기다렸다는 듯 단목성원이 괴성을 내지르며 달려든다.

그 거대한 검은 불꽃의 검강을 휘두르며.

"크아아아아!"

콰르르릉!

굉음이 뒤따르고.

그것을 차가운 눈으로 지켜보던 휘가 가볍게.

아주 가볍게 검을 놈을 향해 밀었다.

단순한 찌르기 공격.

하지만 그 결과는 결코 단순하지 않았다.

쩌저저적!

투화확-!

굉음과 함께 사방이 붉은 빛으로 물들었다가 본래의 모
습을 찾는다.

그리고 그 끝에.

단목성원의 모습은 더 이상 존재치 않았다.

달캉.

허공에서 떨어져 내리는 놈의 검을 붙든 손을 제외 한다
면 어떤 흔적도 찾아 볼 수 없었다.

놈들의 뒷정리는 빠르게 끝이 났다.

단목성원을 죽인 휘는 쉬지 않고 월각 무인들을 향해 달
려들었고, 그렇지 않아도 팽팽하던 싸움의 기세가 단숨에
암문 무인들에게 넘어갔다.

한 번 무너진 기세는 걷잡을 수 없을 정도라 놈들은 단
한 명도 자리를 빠져 나가지 못했다.

아니, 당연한 일이었다.

잊고 있었지만 청성을 중심으로 천라지망이 촘촘하게 쳐
져 있음이니 상처 입은 몸으로 이곳을 빠져나가는 것은 불
가능.

이를 알기에 놈들도 마지막 한 사람이 남는 그 순간까지
목숨을 버려가며 달려들었다.

"열여섯이 떠났습니다. 스물 정도는 심각한 부상을 입은
상태라 휴식이 필요합니다."

백차강의 보고에 휘는 조용히 고개를 끄덕였다.

청성에서 일어날 참사는 어떻게든 막아냈지만, 아직 일
이 끝난 것은 아니었다.

"뒤는 청성에 맡기고 우리는 아미로 향한다."

"청성에서 이야기를 원하는 것 같습니다만, 괜찮으시겠
습니까?"

"네가 정리하고 와. 될 수 있으면 청성에 맡기고 합류 할
수 있도록 하고."

"명."

명령과 함께 휘는 암영들과 함께 빠르게 자리를 떠났다.

그 모습에 당황하며 달려오는 청천검을 맡는 것은 휘에
게 이 자리를 마무리 할 것을 명령 받은 백차강이었다.

"실례라는 것은 알고 있으나 아미 역시 상황이 좋지 않
기 때문에 주군께서 바로 떠나셨습니다. 저는 암문의 백차
강이라고 합니다."

"아아, 아쉽군. 어쨌거나 늦었지만 도움에 감사드리오."

정중히 고개 숙이는 청천검을 향해 백차강은 고개를 저었다.

"어차피 해야 할 일을 했을 뿐입니다. 이 뒤의 상황은 청성에 맡기고 싶습니다. 이곳에 남은 암영들은 죽은 자들과 부상자들을 본문으로 이송시킬 인력뿐입니다. 그마저도 주군의 뒤를 쫓아야 할 테지만요."

"음… 괜찮다면 사망자와 부상자의 수송은 우리 쪽에서 도움을 주겠네. 그 정도는 하고도 남음이 있음이니."

"말씀은 감사하나 괜찮습니다. 놈들을 겪어보셨으니 아시겠지만 하루라도 빨리 정리하여 적극적으로 놈들에게 대항하는 것만이… 중원 미래를 지키는 길이 될 것입니다."

백차강의 냉정한 말에 굳은 얼굴로 청천검은 고개를 끄덕였다.

잠시 뒤 백차강이 수하들을 이끌고 사라지고.

청천검 역시 뒷정리를 명령했다.

비록 대부분의 적을 암문이 처리했지만, 청성이라고 해서 희생이 발생하지 않은 것은 아니다.

속가제자들의 희생은 더욱 많았고.

이 모두를 정리하는 것만으로도 며칠은 잠을 잘 수도 없을 것이다.

"새로운 무림이 이미 시작되었구나."

단지 쓸쓸한 것은.

자신이 퇴물이 된 것 같은 느낌을 강하게 받는다는 것이었다. 급작스런 무림의 변화를 몸으로 느끼게 된 것이다.

"하지만 아직 물러설 수는 없지. 청성을 위해서라도."

쓰게 웃으며 분주히 움직이는 청성 제자들을 바라보는 그.

말처럼 아직은 물러설 때가 아니었다.

아직 청성이 가야 할 길은 멀고멀었으니까.

暗君黑夜归 92章

92 章

타탁, 탁.

화르륵!

거대한 불길이 전각을 단숨에 집어 삼킨다.

메케한 향이 사방에 진동하고.

비릿한 피 냄새와 섞여 코를 찌르는 기괴한 냄새를 풍겨 내지만 이곳저곳을 돌아다니며 확인 사살을 하고 있는 무인들의 얼굴은 무표정하기 그지없다.

사방에 뉘인 시신들의 특징이라면 대부분이 승복을 입고 있다는 것.

"아름다운 광경이로군."

빛이 일렁일 때마다 어둠을 뚫고 드러나는 참혹한 현장을 보며 장양운은 만족스럽게 웃는다.

유난히 요사스런 기운이 감도는 그.

아미와의 싸움은 그에게 있어 큰 경험이었다.

처음부터 질 것이라 생각하지도 않았지만, 제대로 손발이 되어주는 수하들까지 따르자 더욱 빠르게 아미를 먹어치울 수 있었다.

그야 말로 전광석화와도 같았다.

해가 중천에 떴을 때 시작하여 달이 중천에 뜬 지금 완전히 저들을 정리 할 수 있었으니 말이다.

"나쁘지는 않지만 아쉽긴 하군. 정예가 빠져 나갔다니…."

유일하게 아쉬운 점이 있다면 아미의 정예라 할 수 있는 자들은 한 발 앞서서 아미산을 떠나 정도맹으로 향했다는 것이다.

따라 잡고자 한다면 어려울 것도 없지만, 교주에게 허락 맡은 것은 여기까지였다.

"생각보다 머리가 좋단 말이지. 아니, 감이 좋다고 해야 하나?"

이미 죽어버린 아미의 장문인을 떠올리며 웃는 장양운.

청성이 속가제자들까지 불러 모아 청성산을 꽁꽁 둘러싼 것과 달리 아미파는 다른 길을 택했다.

장문령을 통해 모인 제자들 모두를 정도맹으로 이전시킨 것이다.

덕분에 장양운이 상대해야 했던 것은 끝까지 이곳에 남았던 장문인과 은퇴했던 고수들을 비롯한 몇몇들뿐.

목숨을 걸고 덤비다보니 청성에 비해 인원은 적었지만 완전히 정리하는데 까지 시간이 제법 걸렸다.

"가자."

제법 주변 정리가 끝난 듯하자 장양운이 기분 좋은 미소로 수하들을 이끌고 아미산을 벗어난다.

그러고 한 시진 뒤.

"늦었나."

장양휘가 암영들을 이끌고 아미로 찾아왔지만 살아있는 사람이라곤 누구도 없었다.

그저 불타오르는 아미산을 지켜보는 것밖에는.

그렇게 중원 무림이 청성과 아미의 후폭풍을 겪는 동안 일월신교 역시 큰 충격을 받아야 했다.

다른 사람도 아니고 교주의 첫 번째 제자였던 단목성원이 죽은 것이다.

어렵지 않게 완수할 것이라고 생각했던 청성의 임무에서 말이다.

단목성원의 죽음이 가져온 충격은 보통 작은 것이 아니었다.

우선 그를 따르던 무인들의 혼란이 크게 가중되었다.

그렇지 않아도 오른팔을 잃으며 흔들렸던 그들인데, 이젠 아예 돌아올 수 없는 길을 건넜다.

상황이 이러다보니 앞으로를 위해서라도 장양운과 손을 잡을 수밖에 없게 된 것이다.

이 뿐만 아니라 월각 역시 휘청거렸다.

단목성원을 따라나섰던 인원의 숫자가 결코 작지 않았던 데다, 이전부터 조금씩 입었던 상처가 이번에 크게 난 것이다.

제 아무리 월각이 고수를 많이 보유하고 있었다고 하지만 이 정도 타격을 입고서도 멀쩡할 수는 없었다.

"재미있군…."

톡, 톡.

손가락으로 반복적으로 의자의 팔걸이를 두드리는 교주.

여유로운 그의 말투와 달리 몸에서 흘러나오는 투기는 당장에라도 회의실에 모인 이들을 졸라 죽일 수 있을 정도로 강렬했다.

누구하나 쉽게 입을 열지 못하는 상황.

"좋아."

마음의 결정을 내린 것인지 교주가 명령을 내렸다.

"본교의 전력을 모두 이곳으로 이동시킨다. 더 이상 중원 놈들이 제 멋대로 구는 것을 방치 할 순 없지."

"허, 허면…."

"받은 만큼 돌려줘야지. 총진격이다."

조용하던 회의실이 단숨에 터질듯 한 투기와 살기로 넘실거리며 함성이 터져 나온다.

"우와아아아!"

그토록 기다려온 순간이 마침내 다가온 것이다.

"삼일 뒤. 우리는 중원으로 간다."

"존명!"

우렁찬 대답 소리가 곤륜에 울려 퍼진다.

"일월신교에서 가만히 있지 않을 겁니다. 어쩌면 기다렸다는 듯 본격적으로 진격을 할 수도 있겠지요. 아니, 분명 그럴 겁니다."

"어차피 벌어질 일이었습니다. 차라리 이번 기회에 일월신교주의 첫째 제자를 죽인 것을 다행으로 여겨야 할지도 모릅니다."

"확실히 나쁜 일은 아니지요. 이걸 빌미로 놈들이 움직이기야 하겠지만, 이는 언제고 벌어질 일이었고. 명령 체계가 단순해질 테니, 이건 다행이라고 봐야 하겠죠."

정도맹의 군사 신묘와 사황련의 군사 삼뇌가 마주 앉은 채 쉬지도 않고 이야기를 꺼낸다.

중원에서 최고라 일컬어지는 두 사람이 한 자리에 앉아 머리를 맞대야 할 정도로 일월신교는 무서운 놈들이었다.

아니, 부족한 전력으로 놈들을 상대해야 하는 만큼 이 두 사람이 제대로 머리를 맞대고 전략을 구사해야 했다.

그렇지 못한다면 중원 무림은 끝장이었다.

"다행히 청성에서의 일은 암문의 도움으로 큰 피해를 입지 않고 끝날 수 있었지만, 아미는 상황이 좀 다릅니다. 장문인께서 선견지명이 계셨던 것인지 정예와 문파의 제자들을 정도맹으로 보내긴 했지만… 이전의 성세를 되찾는 것은 어려운 일이 될 겁니다."

"잘해봐야 중소문파 정도의 전력만 동원시킬 수 있겠지요. 그 이상은 무리일 테니…."

삼뇌의 말에 신묘는 고개를 끄덕였다.

아미도 앞으로 다시 문파를 재건하려면 기둥이 되어야 할 고수가 있어야 하기 때문에 살아남은 정예들 중에 일월신교와의 싸움에 투입 될 수 있는 무인의 숫자는 지극히 적었다.

게다가 아미 자체가 여승들로만 이루어진 곳이라 소수정예의 느낌이 강한 곳이다 보니 더욱 그러했다.

그렇지 않아도 칠파일방으로 줄어든 상황이다.

여기서 다시 공동은 제 힘을 발휘하기 힘드니 실제로는

육파일방이라고 봐야 하는데, 이젠 아미까지.

오파일방.

무림 역사상 이렇게까지 정파가 처참했던 적이 있었는지 궁금할 정도였다.

그나마 다행인 것이 있다면 정도맹 만큼은 역대 최고의 전력을 구가 할 수 있게 되었다는 것.

아직 내부적으로 완전히 융화가 되지 않은 것은 있지만 은거기인들이 속속 합류를 함으로서 정도맹의 힘은 시간이 갈수록 강성해지고 있었다.

이와 반대로 사황련의 사정은 그리 좋지 않았다.

사파 특유의 기질 때문인지 일월신교의 힘이 무섭게 보이자 당장 꼬릴 말고 놈들에게 의탁하는 놈들이 한 둘이 아니었다.

어떻게든 련주의 명령으로 그런 자들을 막아내곤 있지만 그 숫자는 결코 줄어들지 않았다.

다행이라면 사파의 고수들과 대형 문파들이 사황련의 뜻에 따라 든든하게 움직이고 있다는 것.

이게 아니었다면 기껏 일으켜 세운 사황련이 어이없게 무너졌으리라.

"본련이 가야 할 길은 아직도 멀었습니다. 우선 서로를 믿고 의지 할 수 있게끔 분위기를 조성해야 최소한 뒤통수 맞을 일은 없지 않겠습니까?"

"본맹이라고 해서 크게 다를 것은 없습니다. 아직도 몸을 사리며 적극적으로 움직이지 않는 자들이 한 둘이 아니다 보니. 개인과 문파의 영달에 안달이 난 자들이 한 둘이 아니니, 솔직히 말해서 맹이 지금까지 잘 돌아가는 것도 신기할 지경입니다."

"그래도 점차 좋아지고 있으니 다행이지요."

"더 늦기 전에 확실해졌으면 더 좋았을 텐데 아쉽죠."

마주보며 쓰게 웃는 두 사람.

정도맹과 사황련이란 거대 세력의 군사직을 맡으며 보기 좋은 것만 본 것은 아니었다.

좋은 것보다 나쁜 것을 더 많이 보고 해결해야 하는 자리가 바로 자신들의 자리였다.

그렇다보니 장점보단 단점이 더 크게 부각될 수밖에 없는 것이고.

어쩌면 이런 상황이기에.

암문의 존재는 더욱 눈에 띄는 것일지도 몰랐다.

그들이 아니었다면 일월신교에게 벌써 중원의 반 이상은 내주고도 남음이 있다는 것을 두 사람을 잘 알고 있었다.

행적을 쫓으면 쫓을수록 경악 할 수밖에 없을 정도로 그들은 소수의 인원으로 엄청난 역할을 해주고 있었으니까.

"암문이 도움을 주고 있는 지금 어떻게든 융화를 시켜야 합니다. 겉이든 속이든."

"쉽지 않은 문제가 되겠지만, 어떻게든 해야죠. 무림의 미래를 위해서라도."

진지한 눈빛을 마주치며 고개 끄덕이는 두 사람.

현재 정도맹과 사황련이 가장 중요하게 여기고 있는 작업은 바로 정예고수들을 바탕으로 두 세력이 힘을 합쳐 만든 전투부대였다.

그야 말로 중원 최강의 정예들로만 꾸려진 전투부대.

가칭 용호단(龍虎團)이라 부르고 있는 그들의 전체 인원은 겨우 이천에 불과했지만 날고 기는 고수들을 집합시켜 놓았기 때문에 전력으로만 따진다면 구파일방을 능가할 정도였다.

문제는 워낙 실력 있는 자들을 한 곳에 몰아넣은 덕분에 제대로 통제가 되지 않는데다, 정사(正邪)의 앙금이 남아 있는 상태이니.

일이 쉽게만 풀리진 않고 있었다.

"차라리… 차라리 젊고 강한 사황께서 용호단을 맡아주시는 것이 어떻겠습니까? 물론 어려운 일이라는 것은 알고 있습니다만. 그렇게만 된다면 사파쪽 무인들의 제어는 어렵지 않을 것이고, 그 실력이면 저희쪽 무인들도 금세 말을 들을 겁니다."

"어렵죠. 주군의 나이가 어린 것은 사실이지만 그 위치를 생각한다면 쉽지 않은 일입니다. 저도 생각은 해봤습니다만… 그리 될 경우엔 남은 자들이 문제가 되겠죠. 아직 저희 사황련은 보기와 달리 튼튼하질 못하니까요."

"음… 죄송합니다. 괜히 마음만 뒤숭숭하게 만들어 드린 것 같습니다."

신묘의 솔직한 사과에 삼뇌는 고개를 저었다.

아까도 말했지만 그도 생각을 해본 방법이었다. 사실상 가장 좋은 방법이기도 했지만 그의 위치를 생각한다면 결코 있어선 안 될 일이기도 했다.

"사실 제일 좋은 방법은 따로 있지 않습니까."

"그거야 그렇죠. 그가 맡아 주기만 한다면… 하지만 역시 어렵겠죠. 한 번 거절하기도 했지만 지금 같은 상황에서 그가 빠진다면 암문 역시 제대로 움직이기 어려울 겁니다."

"이러지도, 저러지도 못하는 군요."

"이렇게 인재가 없나 싶습니다."

한탄을 하는 둘.

용호단이 실력자 위주로 집결을 시켰지만 또 하나 중요한 것은 상대적으로 젊은 집단이라는 것이었다.

실력이 있고 나이가 있는 자들은 대부분 요직을 차지하고 있기 때문에 용호단과 같은 한 곳에 몰아넣는 것이 거의 불가능한 일이었으니까.

그러고도 이천에 달하는 숫자를 모을 수 있었던 것은 그만큼 중원 무림의 저력이 대단하다는 뜻이지만.

문제는 일월신교의 힘이 어디가 끝인 것인지 짐작조차
되지 않는다는 데 있었다.

상대의 힘이 얼마나 되는 것인지 짐작이라도 할 수 있어
야 상대가 가능한데, 지금은 그런 상황이 전혀 아니지 않은
가.

답답할 수밖에 없는 상황이었다.

그때였다.

스스슥.

작은 인기척과 함께 다급히 모습을 드러낸 무인이 재빨
리 신묘에게 서찰을 건네었고, 그보다 조금 늦게 또 한 사
람이 나타나더니 이번엔 삼뇌에게 건넨다.

능숙한 손길로 서찰을 펼쳐 확인을 하는 둘.

"이런…."

"허!"

두 사람의 입에서 탄식이 터져 나오고.

서로의 눈길이 부딪친다.

"비슷한 내용이겠지요?"

"아마도 그렇겠지요."

쓰게 웃는 삼뇌.

"일월신교가 본격적으로 움직일 모양입니다."

"많은 피가 흐르겠군요."

"각오하는 수밖에요."

신묘의 말에 삼뇌는 길게 한숨을 내쉬며 자리에서 일어섰다.

"저는 련으로 돌아가 봐야 하겠습니다. 넘길 땐 넘기더라도 확실한 환영식을 하려면 제가 있어야 하니."

"잘 부탁드리겠습니다. 뒤는 저희가 맡겠습니다."

"부탁드리지요."

고개 숙여 인사를 하고선 빠르게 길을 떠나는 삼뇌.

그의 뒷모습을 지켜보던 신묘 역시 발걸음을 옮긴다.

"나름대로 준비를 하긴 했지만 괜찮을지 모르겠군. 이제까지 움직이지 않으며 힘을 비축한 놈들이니 만큼. 무섭게 달려들겠지. 어떻게든 사천에서 막아내면 좋겠지만…."

고개를 내젓는다.

사천에서 놈들을 지금처럼 막아내면 좋겠지만 불가능한 일이라는 것을 그는 잘 알고 있었다.

사천은 단숨에 무너질 것이다.

그리고 놈들은 중원을 노리고 계속해서 전진할 것이고.

"내줄 땐 내주더라도 화끈한 환영식을 부탁합니다."

떠나간 삼뇌의 얼굴을 그리며 신묘는 작은 미소를 짓는다.

중원 무림의 화끈함을 한 번쯤은 놈들에게 제대로 먹여줄 필요가 있는데, 그 역할을.

사황련이 맡았다.

어렵게 세운 본거지를 날리는 일이 되겠지만 사황은 기꺼이 그 역할을 감수했다.

어차피 사황련 만으로는 놈들의 상대가 될 수 없었다.

그렇다고 순순히 물러서기에는 자존심이 용납지 않았다.

여기에 아직 단단하지 못한 결속력에도 문제가 생길 수 있었다.

이 모든 것을 한 방에 해결하기 위해선 일월신교 놈들에게 제대로 한방 먹여주는 길 밖에 없었다.

한방 제대로 먹인다면 내부의 결속도, 본거지를 잃는 것도.

모두 정당화 될 수 있었으니까.

그렇게 사황련이 놈들에게 한방 먹일 준비를 하는 동안 정도맹에서도 나름의 준비를 하고 있었다.

비록 사천을 내주게 되기는 하겠지만 그 뒤로는 내줄 생각이 전혀 없었다.

중경을 중심으로 위로는 섬서, 아래로는 귀주까지.

철저하게 놈들을 막아낼 준비를 하고 있었다.

정도맹이 동원할 수 있는 모든 힘을 집결시키고 있는 것이다.

그리고 마침내.

일월신교가 준동을 시작했다.

충격과 공포.

일월신교가 본격적으로 움직인다는 것은 그런 것이었다. 그리고 그것을 깨닫는 것엔 오랜 시간이 걸리지 않았다.

마치 중원 무림이 몰락하는 것을 지켜보라는 듯 그들은 조금도 우회하거나, 별동대를 운영하지 않았다.

그저 묵묵히 정면으로 부딪쳤다.

첫 번째 충돌은 정도맹에서 사천 무림을 지원하기 위해 다급하게 내보낸 부대였다.

결과는 단 한 시진 만에 전멸.

단숨에 전력의 칠 할을 넘어서 팔 할에 이르는 이들이 죽임을 당했다.

살아서 돌아온 자들은 겨우 이 할에 불과했다.

아무리 다급하게 보내느라 정예 무인들이 많이 빠졌다곤 하지만 그래도 정도맹의 무력부대다.

결코 약하지 않았음에도 불구하고.

결과는 충격적이었다.

하지만 이것이 끝이 아니었다.

연이어 그들은 사천 무림에서 유명한 문파들을 차례로 격파하기 시작했고, 그 싸움에서 살아 돌아온 자들은 손에 꼽을 정도였다.

심지어 살아 돌아온 자들은 다시 전장으로 가는 것을 기겁하며 거부했다.

악마들을 보았다면서.

가는 곳곳 그들을 적대시하는 자들이라면 누구하나 봐주지 않고 죽었다.

그들이 가는 곳에 시체가 쌓이고 거기에서 흐른 피가 강을 이룰 정도로 많은 자들이 죽어가고 있었다.

경악과 공포.

겨우 단 두 단어로 모든 것이 설명되었다.

더 놀라운 것은 이것이 겨우 열흘이 채 지나기 전에 벌어진 일들이란 사실이었다.

무림인 대부분이 가졌던 자신감이 단숨에 박살나는 계기였으며, 경계하던 자들조차 경악하게 만들었던 일월신교의 발걸음이 이번에 향한 곳은 바로 사황련이었다.

북에서 남쪽으로 내려오는 놈들의 움직임을 봤을 때, 다음 상대는 청성이라 여겼지만 놈들의 선택은 사황련이었다.

한번 실패한 곳이기 때문에 일단 넘어갔다는 이야기가 많았지만, 청성으로선 나쁜 일은 아니었다.

시간을 번 만큼.

자리를 옮길 시간을 번 셈이니까.

"서둘러서 옮겨라. 비동으로 옮길 것은 빠르게 옮기고,

가져가야 하는 것들은 최대한 챙겨라! 언제 다시 돌아올지 모르니 자신의 것은 자신이 챙겨야 할 것이다!"

장문령을 사용하고서 장문의 자리에서 물러서려 했던 청천검은 여전이 자리를 지키고 있었다.

그날 장문령을 보았던 모든 이들이.

장문령을 보지 못했다며 장문의 자리에 머물러 줄 것을 청했기 때문이었다.

상황이야 어쨌든 일월신교의 본격적인 움직임에 청천검이 택한 길은 바로 본산을 비우고 정도맹으로 임시로 이전을 하는 것이었다.

힘의 격차가 확실한 상황에서 멍청하게 자리에 앉아 죽느니, 당장은 부끄럽더라도 미래를 위해 선택한 길이었다.

이를 위해 장로들을 설득하고, 제자들을 설득해야 했다.

분주히 움직이는 제자들을 보는 청천검의 얼굴은 결코 좋지 않았다.

자신의 선택으로 이루어지고 있는 일이지만.

청성의 제자로서, 청성의 모든 것이라 할 수 있는 청성산을 비운다는 선택은 결코. 결코 쉬운 일이 아니었다.

만약 아미가 먼저 이 같은 행동을 보여주지 않았다면 이 자리에서 죽는 한이 있더라도 결코 도망치지 않았을 것이다.

'아미파가 큰 역할을 해주었어. 그렇지 않았다면… 우리도 제대로 된 후계를 남기지 못하고 멸문의 길을 걸어야 했겠지.'

본산이 무너진다 하더라도 속가제자들이 있으니 청성은 다시 일어설 것이다.

문제는 그렇게 일어선 청성의 정통성 문제였다.

본산의 진산절기가 없는 청성은 더 이상 청성이라 부르기 어려운 집단이 되어버릴 것이 분명했으니까.

그렇기에 그는 선택했다.

당장의 부끄러움을 감수하고 청성의 미래를 택하는 것으로.

"준비 끝났습니다!"

마침내 기다리던 보고가 들어오고.

청천검은 지체 없이 명령을 내렸다.

"즉시 출발한다."

그렇게 다시 돌아올 것을 다짐하며 청성파가 청성산을 떠났다.

청성이 유난히 바쁜 시간을 보내고 있을 때 사황련이라고 해서 다를 것은 없었다.

필요한 소수의 인원을 제외하곤 모조리 강서성의 흑웅파로 내보냈다.

흑웅파는 사파의 기둥이라 불리는 대형문파들 가운데

하나로 강서성의 패자이자 사황련이 후방으로 옮기게 된다면 그 모두를 받아들일 수 있을 정도로 규모가 커다란 곳이었다.

처음엔 사천에서 가까운 지역으로 옮길 것을 생각했지만 기왕 옮기는 것 확실히 하자는 생각으로 아예 강서성으로 이동을 하게 된 것이다.

작지 않은 반발이 있기는 했지만 사파무림의 거두들이 사황의 뒤를 든든히 받쳐주고 있음이니.

곧 큰 문제없이 빠르게 일이 진행되었다.

그리고 마침내 일월신교가 도착하기 하루 전날, 필요 인원을 제외한 모두를 내보낼 수 있었다.

"이 넓은 사황련에 백 명도 남지 않았단 말이지? 기분이 묘하긴 하군."

사황이 곳곳에 불이 꺼진 사황련 전각들을 보며 오묘한 미소를 지을 때 삼뇌가 따뜻한 차를 내오며 말했다.

"완성한지 오래 되지도 않았는데 아쉽긴 하지요. 당장 저만 하더라도 대단히 아쉬우니까요."

"솔직히 그런 기분이 들지 않는 것도 아냐."

달칵.

삼뇌의 맞은편에 앉으며 찻잔을 드는 사황.

"하지만 이딴 건물은 얼마든지 다시 세울 수 있지만, 잃어버린 목숨은 돌아오지 않는 법이지. 비록 중원이 시끄럽기는 하겠지만 이걸 기회로 사파가 확실하게 인정을 받는 것이 제일 중요해. 이번 기회에 확실하게 달라진 사파의 인상을 사람들에게 심어주는 것이 중요한데, 이번 일은 그 전초전이 되겠지."

"천문학적인 금액이 들어간 만큼 그 효과도 작진 않겠죠."

삼뇌가 웃으며 사황의 말을 받았다.

이번 계획을 성공적으로 치르면 이곳 사황련 본진은 사라지게 될 것이다.

덕분에 잃게 되는 손해는 말로 설명할 수 없을 정도지만, 반대로 얻는 것 또한 엄청난 수준일 것이다.

이는 놈들이 강하면 강할수록 더욱 값어치 있는 일이 되게 될 것이다.

'이 일은 그럴 가치가 충분히 있는 일이야. 반드시 성공해서 새로운 사파의 역사를 써내려가게 만들어야 한다.'

찻잔으로 얼굴을 가린 그의 두 눈이 예리하게 빛난다.

비록 사황의 뒤에 가리어져 그 활약상이 두드러지고 있진 않았지만 사황련의 탄생에서부터 그 운영까지 그의 손길이 닿지 않은 곳이 없었다.

삼뇌가 아니었다면 사황련은 진즉 무너졌을 것이란 것이 사황의 입버릇일 정도로.

그는 사황련이 존재 할 수 있게 만든 일등공신이었다.

"무림에 나올 때까지만 하더라도 저 광활한 대륙을 질주할 수 있을 거라고 생각했는데 말이야. 이 거대한 건물이 발목을 잡혀서 제대로 움직일 수도 없었지."

"련주님의 뜻은 알겠습니다만, 그만큼 저희로선 련주님을 붙들 수밖에 없었다는 것을 이해해 주셨으면 합니다."

"그렇게 고개 숙일 필요 없어. 진짜 싫었다면 벌써 이곳에서 도망을 치고도 남았을 테니까."

웃으며 말하는 사황을 보면서도 삼뇌는 마주 웃을 수 없었다.

사황을 지금의 자리에 앉힌 것도 자신이고, 그 어깨위에 무거운 짐을 올려둔 것도 자신이기 때문이다.

그런 그의 기색을 눈치 챈 것인지 사황은 자리에서 일어나 창가로 이동했다.

시원하게 불어오는 바람과 성벽을 따라 불은 밝혀졌으나 그 안의 전각들은 을씨년스럽게도 불하나 들어오지 않았다.

"내일이 지나 이곳과도 헤어지고 나면. 어쩌면… 그때부터가 내가 진정 원했던 삶을 살 수 있게 되는지도 모르지."

"…대륙을 질주하시는 그것 말씀이십니까?"

삼뇌의 물음에 웃으며 몸을 돌린 그가 창틀에 몸을 기대며 답했다.

"멋지지 않아? 무인으로서 자신의 능력을 아끼지 않고 토해 낼 수 있는 무대가 생겼다는 것에 말이야. 솔직히 말해서 일월신교 놈들의 등장이 나는 반가울 정도야. 물론 그 중간에서 죽어가는 이들에겐 미안하지만."

부담스러울 정도로 눈을 빛내는 사황.

그 눈빛 안에는 투지와 열망이 강하게 읽히고 있었다.

하긴 사황이란 이름을 얻은 이래 제대로 된 비무조차 할 수 없었고, 무림에 출도 했을 때로 돌아가더라도 마음껏 싸운 일이 거의 없을 정도였다.

하필이면 첫 싸움의 상대가 바로 자신이었으니까.

'욕구가 쌓일 대로 쌓이셨구나. 생각해보면 나 역시 젊었을 적에는….'

그 모습이 삼뇌도 이해되지 않는 것은 아니었다.

다만 사황련의 군사로서 가슴보단 머리로 생각하는 것이 먼저일 뿐.

"곧 련주님의 뜻대로 마음껏 움직일 수 있는 날이 올 겁니다. 아니, 그럴 수밖에 없을 겁니다."

"그렇겠지. 쉬운 놈들이 아니니까. 발바닥에서 땀이 홍수처럼 쏟아질 때까지 뛰어다녀야 하겠지만… 이상하게 그것마저 기대가 되는 것은 왜일까? 후후."

나지막하게 웃으며 다시 몸을 돌리는 사황.

그의 시선이 밤하늘을 밝히고 있는 보름달로 향한다.

"우선은 당장 놈들을 맞을 준비부터 확실하게 하자고."

"존명."

그의 뒤에서 삼뇌가 대답과 함께 고개를 숙인다.

93 章

펄럭! 펄럭!

휘날리는 거대한 깃발.

일월신교라는 커다란 글자가 박힌 깃발이 곳곳에서 휘날리는 수천에 달하는 무인들이 사황련의 성 앞에 길게 늘어선다.

"제법 괜찮은데…?"

사황련 곳곳을 살피던 장양운의 고개가 끄덕여진다.

지금 청해에 임시로 만들어 놓은 곳보다 훨씬 더 괜찮아 보이는 곳이었다. 향후 이곳을 중심으로 무림으로 움직여도 괜찮을 정도로 말이다.

"큰 피해 없이 손에 쥘 수 있다면… 괜찮겠어."

장양운은 저 거대한 성을 손에 넣기로 결정했다.

중원 무림을 양분하고 있는 한 곳인 사황련이라곤 하지만 저들이 만들어진 것도, 그 힘도 얼마되지 않는다는 것은 그도 잘 알고 있었다.

심지어 본래 저 성안에 가득 들어차 있어야 할 무인들 대부분이 이곳을 빠져나갔다는 것도.

그렇기에 자신이 데리고 있는 수하들만으로도 어렵지 않게 저곳을 손에 넣을 수 있을 것이라 확신했다.

"문제가 있다면 역시 무슨 꿍꿍이냐 하는 것인데."

자신들이 오는 것을 알면서도 놈들은 대응하지 않고 무인들을 뒤로 돌렸다.

장양운이 생각했을 때 놈들의 행동이 뜻하는 것은 크게 두 가지였다.

하나는 자신들과 이곳에서 싸우는 것을 포기하고 전력을 유지하기 위해 뒤로 물러서는 것.

또 하나는 이곳에 소수의 인원으로 자신들의 발을 붙을 수 있는 모종의 무엇인가를 해놓았다는 것이다.

전자라면 편하겠지만.

"아무리 생각해도 후자란 말이지. 쯧!"

혀를 차며 성벽을 살피던 장양운이 몸을 돌려 회의실로 향한다.

회의실이라고 해봐야 천막을 쳐놓은 것에 불과하지만 그 안에는 일월신교의 고수들이 자리를 잡고 있었다.

고수들이 긴 책상을 중심으로 좌우로 앉은 상황에서 장양운의 자리를 가장 상석이었다.

털썩.

익숙하게 자신의 자리에 앉은 그는 곧장 입을 열었다.

"단도직입적으로 이야기하지. 놈들의 꿍꿍이가 있다. 그게 무엇인지는 모르겠지만 최소한 우리 발목을 붙들 수 있다는 확신을 가지고서 행동에 나선 것이겠지."

"어떤 꿍꿍이를 가지고 있든 저희 능력이면 다 박살내버릴 자신이 있습니다. 선봉에 제가 서겠습니다!"

"저런 곰 같은 놈보단 보는 눈이 있는 제가 더 나을 것 같습니다. 기관이 있다면 피하면 그만이고, 진법이 있다면 파훼하면 될 일입니다. 그 일을 위해선 제가 최적의 인사라 장담 할 수 있습니다."

"저 말라깽이가 무슨 헛소리를 하는 거야?"

"머리까지 살이 찼나? 쓸데없이 밑에 애들 죽이지 말라고!"

강하게 대립하는 두 사람.

그들뿐만이 아니었다.

회의장에 있는 대부분의 이들이 선봉에 서고 싶어 했다.

이유는 단순했다.

누구보다 먼저 사황련이란 거대한 성에 일월신교의 깃발을 꼽고 싶기 때문이다.

오랜 세월 자신들의 능력을 억눌러온 만큼 위험이 있다 하더라도 그 능력을 마음껏 발휘하고 싶었다.

지금까지도 성공적이었지만 사황련이란 거대한 먹잇감을 두고 있음이니 약간의 욕심이 생길 수밖에.

금세 시끄러워진 회의장을 보며 장양운은 고민했다.

'누가 좋을까….'

어차피 선봉에 서는 것은 자신이 될 수 없었다.

단목성원이 죽어버린 지금 일월신교의 후계는 자신 밖에 남지 않았으니 굳이 위험을 감수 할 필요가 없으니까.

물론 나서야 하는 상황에선 충분히 나서겠지만 이번만큼은 예외였다.

사황련 놈들이 무엇을 꾸민 것인지 도저히 감이 오질 않았으니까.

'무슨 생각인지 모르겠지만… 단숨에 짓이겨버릴까?'

한 번 머릿속에 이러한 생각이 돌자, 장양운은 나쁘지 않다고 생각했다.

압도적인 머릿수와 실력이라면 놈들이 무슨 준비를 했어도 충분히 박살낼 수 있을 것이라 본 것이다.

그리고 잠시 뒤.

일월신교 진영이 술렁이며 투기가 사방에 흐르기 시작한
다.

당장이라도 뛰쳐나갈 것 같은 그들의 가장 선두에 선 장
양운.

그가 입을 열었다.

"쳐."

"우와아아아!"

"캬하하! 죽여라!"

함성을 내지르며 단숨에 달려 나가는 수하들의 뒷모습을
보며 장양운 자리를 지켰다.

자신을 곁에서 호위하는 자들을 제외하곤 모든 수하들을
단숨에 풀어 놓았다. 놈들이 무슨 꿍꿍이를 가졌던지 단박
에 박살을 내버릴 것이 분명했다.

저들에겐 그만한 능력이 있었으니까.

"남은 건 구경을 하는 것뿐인가…."

장양운의 시선이 사황련을 향한다.

"준비가 끝났습니다."

수하의 보고에 굳은 얼굴의 삼뇌가 고개를 끄덕이며 그
를 내보낸다.

그리고선 창가에 앉은 채 멀리 보이는 일월신교 무인들
을 바라보고 있는 사황의 뒤편에 섰다.

"준비가 끝났습니다. 이제 움직이셔야 할 때 입니다."

"아쉽군."

"예?"

"될 수 있으면 첫 만남이니 제대로 붙고 싶었는데 말이야."

"…곧 그런 기회가 찾아 올 것입니다."

삼뇌의 조언에 사황은 웃으며 자리에서 일어섰다.

"그렇겠지? 가자."

"모시겠습니다."

웃으며 사황과 삼뇌가 방을 비운다.

두 사람이 향한 곳은 사황련 안에서도 최 심처에 해당되는 곳으로 평상시에는 금지로 설정되어 허락 맡은 몇 사람을 제외하고선 누구의 출입도 허용하지 않는 곳이었다.

그도 그럴 것이 이곳엔 만약의 사태에 대비하여 사황련을 비밀리에 벗어 날 수 있는 통로가 마련되어 있는 장소인 것이다.

비밀은 적을수록 좋은 것.

그렇다보니 이곳의 존재에 대해 알고 있는 사람은 손에 꼽을 정도였다.

"그렇게 비밀로 하자고 하더니 한 순에 이 많은 사람들에게 공개가 되는군. 아쉽지 않아?"

사황의 물음에 삼뇌는 고개를 저었다.

입가에 쓰디 쓴 웃음을 걸고서.

"지금 상황에선 어쩔 수 없는 일이지요. 게다가 처음이자 마지막으로 이곳이 쓰이게 될 것이니 알려진다고 해서 문제가 될 것은 없지 않겠습니까?"

"그거야 그렇지."

"가시지요."

삼뇌의 말에 고갤 끄덕이며 마지막으로 주변의 모습을 둘러본 사황이 통로 안쪽으로 사라지고.

마지막까지 남아 주변을 살핀 삼뇌마저 사라졌을 때.

그그긍!

작은 진동, 소음과 함께 통로가 거대한 돌로 완벽하게 막히고.

그것과 함께 주변의 기운이 살짝 일렁인다 싶더니 눈에는 보이지 않지만 환영진이 주변에 펼쳐졌다.

신경 쓰지 않는다면 결코 쉽게 알아 볼 수 없을 정도로 정교한 것이었다.

그것을 마지막으로 사황련 안쪽에는 어떤 사람도 남지 않게 되었고.

"와아아아아!"

때를 맞추어 일월신교 무인들이 움직였다.

텅 비었을 것이라곤 생각지도 못하고 말이다.

지옥환영진(地獄幻影陳).

오랜 무림 역사 속에서 같은 이름을 가지고 있는 진법은 수도 없이 많을 것이지만 사람들의 기억 속에 대대로 전해지고 있는 것은 오직 하나 뿐이다.

무림에서 사용하는 것조차 절대 금지되어 있는 진법 중 하나이자 사람을 죽이는 데 특화된 진법.

지옥환영진의 영향으로 죽은 사람의 숫자가 그 손에 셀 수 없을 정도로 막강한 위력을 발휘한다.

항간의 소문에 의하면 전설의 귀곡자가 직접 만든 것이라는 이야기도 있었지만, 지금에 와선 확인하기 어려운 이야기였다.

심지어 지옥환영진이 마지막으로 세상에 모습을 드러낸 것이 수백 년 전의 일.

이제와 다시 그것이 모습을 나타낼 것이라곤 세상 누구도 예상치 못했을 것이다.

"대체 어디서 그걸 구한 거야?"

"우연히 손에 들어왔었습니다. 솔직히 이걸 사용하는 날이 올 것이라곤 생각지도 못했습니다만…."

좁고 눅눅한 통로를 빠르게 움직이면서 어깨를 으쓱이는 삼뇌.

"그런데 무림에서 사용하는 것이 금기라면서 괜찮은 건가?"

"지금 상황에서 그걸 따질 사람이 몇이나 되겠습니까? 게다가 금기라는 것은 결국 서로 암묵적인 인정이 있었다는 이야기인데… 솔직히 말해서 저들에게까지 신경 쓸 필요가 있겠습니까?"

솔직한 삼뇌의 이야기에 사황은 웃지 않을 수 없었다.

그의 말처럼 지금 상황에서 저들에게 이것저것 신경을 써줄 필요가 없었다.

당장 목숨이 중요하지 금기 따위가 중요하진 않으니까.

"실력은 있는 자들이니 만큼 지옥환영진 만으로 모든 것을 해결 할 순 없을 겁니다."

"알아. 그래서 우리가 이렇게 발바닥에 땀이 나도록 뛰고 있는 것이잖아."

"뭐, 그렇지요. 눈으로 직접 보지 못하는 것은 아쉽지만, 그래도 제대로 한 방 먹여 줄 수 있을 겁니다."

웃음을 짓는 삼뇌의 얼굴에 자신감이 넘쳐흐른다.

단숨에 성벽을 뛰어넘어가는 수하들을 보던 장양운.

그가 일이 잘못되었음을 깨달은 것은 그로부터 얼마 지나지 않아서였다.

성벽을 넘었으니 각종 병장기와 비명소리가 사방에 울려야 하는데 그런 것이 전혀 없었다.

아니, 비명 소리가 있기는 했다.

수하들이 내지르는 비명소리 말이다.

"대체…!"

으드득!

안쪽에서 무슨 일이 벌어지는 것인지 알 수 없는 만큼 단숨에 자리를 박차고 달려 나간 장양운이 성벽 위에 오르는 그 순간.

"으아아악!"

"사, 살려줘!"

"아니야! 아니라고! 내가 안했어!"

"괴, 괴물! 꺼져! 꺼지란 말이야!"

횡설수설.

비명을 내지르며 같은 편을 향해 무기를 휘두르는 수하들이 있었다.

무기를 휘두르는 쪽도, 맞는 쪽도.

전부 제 정신이 아니었다.

기이잉-.

허공에 남은 기괴한 기의 흐름을 단숨에 잡아낸 장양운.

"진법이다! 일단 물러서라!"

그의 외침에 아직 정신이 있던 자들이 분주히 뒤로 물러서지만 그 짧은 시간 동안 죽은 사람의 숫자만 물경 이백이었다.

자살을 한 사람도 있었지만 그 대부분이 동료의 검에

죽은 자들이었다.

"어디서 이런 잔재주를…!"

이를 악무는 장양운.

대체 진법이 얼마나 크게 펼쳐진 것인지 그 빈틈이 보이지 않을 정도였다.

게다가 안쪽의 기척이 조금도 읽혀지지 않는다.

사황련의 성채 전체를 감싸고 있는 사기(邪氣)가 그의 기감을 흐리게 만들고 있었다.

기이할 정도로 진한 사기지만 장양운은 이것이 자신의 수하들의 정신을 앗아간 진법의 영향이라고 생각했다.

전혀 다른 것이었지만… 지금의 그로선 그것을 눈치 챌 수 없었다.

사황련의 본성은 삼뇌가 평생에 걸쳐 이룩한 모든 것이 집결되어 있었다.

오죽하면 자신의 사마세가보다 더 애정을 쏟은 곳이라고 공공연하게 말을 하고 다녔겠는가.

그런 만큼 제 아무라 장양운이라 하더라도 쉽게 이곳에 펼쳐진 진법에 대해 빠르게 눈치 챌 수 없었다.

"진법의 범위가 너무 넓습니다."

수하의 보고에 빠르게 사방을 살피는 장양운.

통상 이런 식의 위력을 발휘하는 진법은 광범위하게 펼쳐지기 마련이다.

"성 전체에 걸쳐 진법이 펼쳐져 있다고 봐야 하겠지. 진법의 핵을 찾아봐. 분명 어딘가에 있을 거다."

"존명."

그의 명령에 따라 성벽을 따라 진법의 핵을 찾기 위해 움직이는 수하들.

그 어떤 진법이라 하더라도 결국 그 힘을 발휘하기 위해선 방위를 지키고 있는 핵이 존재한다.

고위급 진법일수록 그 핵의 숫자는 크게 늘어나고, 그것은 곧 진법의 약점이 되었다.

물론 쉽게 찾아 낼 수 있지는 않겠지만 그렇다고 아예 불가능한 것도 아니었다.

그렇게 얼마나 시간이 흘렀을까.

"찾았습니다!"

"여기에도 있습니다!"

수하들의 이어지는 보고에 웃으며 명령을 내린다.

"없애버려!"

콰쾅! 쾅-!

명령이 떨어지기 무섭게 굉음이 터지고.

우웅. 웅!

스스스…

주변의 기운이 확연하게 느껴질 정도로 변하기 시작했다.

특유의 쫌이 없어진 것이다.

진법이 사라졌다 싶자 몇 사람을 투입해본다.

예상대로 문제가 없자 대대적으로 몰려 들어가는 일월신교의 무인들.

그들의 행보에는 거침이 없어보였다.

적어도 지금까진.

그그긍!

낮은 울림과 함께 통로의 앞을 막고 있던 돌이 치워지고.

사황련에서 무려 오십 리나 떨어진 야산에서 모습을 드러내는 사황과 수하들.

콰콰콰-!

주변에 작은 폭포가 있는 것인지 통로가 열리는 소리마저 완전히 감춰주고 있었다.

그곳을 빠져나온 사황의 시선이 본성이 있는 곳을 향한다.

산에 가려져 보이진 않지만 그곳에서 무슨 일이 벌어지고 있는 것인지는 보지 않아도 알 수 있을 것 같았다.

"지금쯤이면 가짜 핵을 부쉈겠지?"

"바보가 아니라면 그렇겠지요. 그것이 진짜 지옥의 문을 여는 신호탄이라곤 생각지도 못할 겁니다."

"처음엔 반쯤 드러난 핵을 보고 이게 뭔가 했는데… 솔직히 이런 식으로 사용될 것이라곤 생각지도 못했어.

적어도 진법에 대해 깊이 배운 이들이 아니고선 보통은 핵을 없애는 것으로 진법을 파훼하는 것이 기본이니까."

"지옥환영진은 그런 사람들의 마음을 파고드는 진법이지요. 지옥환영진에 드러난 핵이란 존재하지 않습니다. 적이 많으면 많을수록 강력한 위력을 발휘하지요. 변화무쌍한 움직임은 설사 진법을 펼친 이라 하더라도 그 안에서 살아남을 수 없게 만듭니다."

"지옥환영진을 펼치고 빠져나올 방법은…."

"이것뿐이지요. 적어도 제가 생각했을 땐 말입니다."

웃으며 비밀 통로를 가리키는 삼뇌.

일단 한 번 펼쳐진 지옥환영진을 멈출 수 있는 방법은 거의 없다시피 했다.

문제는 지옥환영진의 완성은 무조건 진법 안에서 할 수 있는데, 일단 발동이 되고 나면 생문이 없어지기 때문에 벗어날 수 없다는 것에 있었다.

그렇기에 이런 식으로 빠져나오는 수밖에 없었다.

"파훼법은?"

사황의 물음에 삼뇌는 잠시 고민하다 입을 열었다.

"지옥환영진을 파훼하는 방법은 분명 존재합니다. 하지만 그것을 현실로 옮기기에는 적지 않은 피해를 감수해야 할 겁니다."

"방법은 있다는 거네."

"진법이니까요. 그 어떤 진법이라 하더라도 결국 파훼법은 존재하는 법입니다."

삼뇌의 담백한 대답에 고개를 끄덕이면서 통로를 빠져나온 수하들이 이동 준비를 마쳐가는 듯하자 마지막으로 물었다.

"놈들이 진법을 파훼 할 수 있을까?"

"…가능할 수도 있습니다. 하지만 상관없습니다. 결국 저희가 원하는 것은 놈들의 발목을 잡는 것이니, 그 조건은 충분히 채우고도 남음이 있을 테니까요."

"하긴, 그렇지."

피식 웃으며 준비를 끝낸 수하들과 함께 다시 몸을 움직인다.

치이이…

작은 소리를 남겨두고서.

눈앞에 보이던 거대한 성이 갑작스레 사라지고, 천장단애의 절벽이 코앞에 나타난다.

어둡고 끝이 보이지 않는 그 절벽의 끝에서.

"으아아악!"

떨어져 내리며 허우적거린다.

그러는 어느 순간 몸이 깃털처럼 가벼워진다 싶더니 정신을 차리고 보니 숲속이었다.

쿠오오오!

눈앞에 모습을 드러내는 괴물.

놈의 등장과 함께 움직이려 했지만 움직일 수 없었다.

눈조차 감을 수 없는 상황에서 놈이 맛있겠다는 얼굴로 자신을 집어 들더니 그대로 입으로 가져간다.

"끄아아악!"

사방에서 들려오는 비명소리에 장양운은 정신을 차릴 수 없었다.

"뭐, 뭐야?! 진법은 파훼되었을 텐데!"

이전과 비교 할 수 없을 정도로 높은 비명을 내지르며 쓰러지는 수하들.

그 숫자 역시 만만치 않다.

"물러서! 물러서라고!"

악을 지르며 수하들을 물려 세우려 하지만 그 명령을 들은 사람은 소수에 불과했다.

놀랍게도 성을 향해 달려들었던 수하 대부분이 빌어먹을 진법에 걸려든 것이다.

실력이 떨어지는 것도 아니오, 진법에 대한 저항력이 없는 것도 아님에도 불구하고 누구하나 제 정신을 유지하고 있는 자가 없었다.

으드득!

이를 갈며 자리를 박찬 장양운이 빠른 속도로 진법을 향해 달려들었다.

"헉!"

갑작스런 그의 움직임에 깜짝 놀라며 말리려 들었지만, 이미 장양운은 진법 안으로 뛰어든 상태.

어느 정도 앞으로 간다 싶던 장양운의 신형이 우뚝 멈춰선다.

그리곤 두 눈을 감은 채 어떠한 움직임도 보이지 않았다.

눈앞을 오가는 현실과 같은 모습에도 장양운은 흔들리지 않았다.

오감을 뒤흔들며 마음을 흔들려드는 진법의 기운.

그 강렬함에 왜 수하들이 진법에 당했는지 바로 알 수 있었다.

'본교에도 없는 진법이다. 이런 수준이니 당해 낼 수가 없었지. 하지만…! 약점이 없는 진법이란 존재하지 않아. 사람이 만들어낸 것이라면 더더욱 그렇지!'

우우웅. 웅!

내공을 끌어 올리는 장양운.

아니, 끌어올린다 생각은 했지만 몸에서 아무런 기운이 느껴지지 않았다.

"흥!"

하지만 이것조차 진법의 교묘한 술수라는 것을 장양운은 단번에 알 수 있었다.

오감을 속이는 진법이니 내공을 끌어올리는 감각을 뒤튼 다고 해서 이상할 것이 없다.

이럴 때일수록 믿을 수 있는 것은 감각이 아니다.

경험.

수천, 수만 번은 반복된 행위로 내공을 끌어올렸던 그 경험을 믿고 장양운은 자신이 끌어 올릴 수 있는 최대치의 내공을 끌어올렸다.

쿠쿵! 쿠웅—!

사방에 비산하는 장양운의 기운.

진법의 기운과 만나 연신 충돌하며 진법 전체를 뒤흔들기 시작 했다.

이전의 장양운이라면 결코 이런 기운을 내뿜을 수 없었을 것이다.

하지만 이젠 달랐다.

실력도 실력이지만 몸 안에 충분하다 못해 넘치는 기운을 꾹꾹 채워놓았다.

"하아아앗!"

기합과 함께 끌어올린 기운을 단숨에 폭발시키는 장양운!

쩌적! 쩍!

화산폭발과도 같은 기운의 폭발은 단숨에 진법의 기운을
뒤틀었고.

기묘한 소리와 함께 견교 하던 진법에 금이 가기 시작했
다.

한 번 금이 가고 생문이 열리기 시작하자, 그 틈을 놓치
지 않고 장양운은 다시 한 번 기운을 발출했다.

드드드…!

쩌적! 쩍!

대지가 흔들리고.

콰직!

기괴한 소리와 함께 마침내 모두를 괴롭히던 진법이 그
힘을 잃었다.

"어…?"

"으아… 응?"

비명을 내지르던 이들이 그제야 정신을 차리고 하나 둘
자리에서 일어서고.

처음부터 끝까지 장양운의 행동을 지켜보았던 이들의 얼
굴에 감탄이 떠오른다.

그야 말로 힘으로 이 기괴한 진법을 짓누른 꼴이지 않은
가.

장양운은 진법을 파훼함과 동시 그 자신의 능력을 보인
것이나 마찬가지였다.

주륵.

흐르는 땀을 소매로 무심히 닦으며 한 번 더 주변에 숨겨진 진법은 없는 것인지 살핀다.

"좋아. 시작해! 이제 진법은 없다!"

"우와아아아!"

거대한 함성이 그에게 쏟아진다.

그들의 함성을 즐기며 느긋하게 앞으로 걷기 시작하는 장양운.

그 걸음을 시작으로 다시 한 번 빠르게 앞으로 달려가는 수하들.

장양운의 말처럼 더 이상 진법은 존재하지 않았다.

하지만 그보다 더 당혹스러움이 모두를 감싸기 시작했다.

"사람이… 없습니다."

"어디에서도 기척이 느껴지지 않습니다!"

이어지는 수하들을 보고에 그제야 장양운도 느낄 수 있었다.

이 거대한 건물 어디에서도 사람의 기척이 느껴지지 않고 있음을 말이다.

'분명 방금 전까지 기척이… 설마!'

재빠르게 주변을 둘러보는 그.

그리고 깨달을 수 있었다.

자신이 사황련 무인들의 기운이라 생각했던 것이 실제로
는 자신들의 앞을 막아섰던 진법의 영향에 불과하다는 것
을 말이다.

아니, 그게 아니더라도 모종의 방법으로 자신들이 당했
다.

"하! 빈집털이인가?"

벅벅.

거칠게 머리를 긁는 그.

설마하니 사파 무림의 거두라는 사황련이 이렇게 잽싸게
몸을 피할 것이라곤 생각지도 못했다.

물론 어느 정도 몸을 빼는 것은 생각했지만, 최소한 이곳
을 멀쩡히 넘기지 않기 위해서라도 정예무인을 구성하여
자신들을 맞을 것이라 생각했다.

그랬었는데 설마 빈집털이를 하게 될 줄은.

'설마 공성지계?'

잠시 고민해 보지만 그럴 가능성은 없었다.

성을 끼고 방어를 해도 모자랄 판국에 반대로 공격에 나
설 이유가 조금도 없었다.

사황련이 사파의 거두라곤 하지만 그들의 전력이 떨어지
는 것은 누구도 부인 할 수 없는 사실이니까.

"뒤져봐. 철저하게."

"명!"

그의 명령이 떨어지자 일사분란하게 사방으로 흩어져 살살이 뒤지기 시작한다.

하지만 어디에서도 흔적을 찾기 어려웠다.

가져가기 어려운 것들은 한 곳에 모아 태워버린 흔적이 역력했고, 중요한 것들은 모조리 챙겨갔다.

심지어 쌀 한 톨 남기지 않고.

수하들이 주변을 뒤지는 동안 장양운은 본래 사황이 머물렀을. 가장 높은 전각으로 향했다.

화려하기도 하지만 최상층에서는 주변이 모두 눈에 들어오는 위치에 지어진 건물.

귀중품들은 전부 사라져 있었지만 남아 있는 양식만으로도 이곳에 얼마나 많은 돈이 들어간 것인지 대략 짐작이 갈 정도였다.

"이런 곳을 망설임 없이 버린다? 판단력이 좋다고 해야 하나?"

쓰게 웃으며 위로 올라가려던 그의 시선이 이상하리라만치.

한쪽 구석에 잘 보이지도 않는 곳에 만들어진 지하로 내려가는 계단이 눈에 들어왔다.

"이상한데…."

보통의 건물이라면 지하를 만든다고 해서 이상할 것이 없지만 이곳은 사황련을 다스리는 련주의 거처.

지하를 만들 필요가 없었다.

그럼에도 불구하고 지하로 향하는 통로가 있다는 것이 무엇을 뜻하겠는가?

거침없이 계단을 타고 내려가는 장양운.

어두워야 할 지하이지만 어둠을 밝히는 횃불이 곳곳에 걸려 있었다.

이곳을 비운지 얼마 되지 않는다는 증거.

장양운의 발걸음이 더욱 빨라지고.

"미친놈들!"

지하에 도착해 그곳의 광경을 보는 순간 절로 욕이 터져나오지 않을 수 없었다.

지하에 가득 채워진 관과 그 안에서 흘러나오는 특유의 냄새.

그리고.

치이이익.

작게 들려오는 소리까지.

파앗!

자신이 낼 수 있는 최고의 속도로 단숨에 지하를 벗어난 장양운이 내공을 가득 실은 목소리로 외쳤다.

"즉시 이곳을 벗어난다! 즉시!"

쩌렁쩌렁!

사방을 울리는 그의 목소리에 반응한 일월신교 무인들이

빠른 속도로 사황련을 벗어나기 시작한다.

　치이익…!

　그리고 잠시 뒤.

　콰콰쾅–!

　쿠르르릉!

　콰쾅! 쾅–!

　지축을 흔드는 굉음과 함께 거대한 폭발이 일어난다.

　사황련의 화려한 전각들이 단숨에 날아가고, 견고하던 성벽이 무너져 내린다.

　화산이 폭발이라도 하는 듯 어마어마한 양의 폭발!

　"미친놈들!"

　으드득!

　가까스로 위험지역을 탈출한 장양운은 아직도 폭발하고 있는 사황련을 보며 이를 갈지 않을 수 없었다.

　이 정도의 폭발이라면 예전 자신이 장양휘와 단목성원을 죽이기 위해 사용했던 것에 결코 뒤지지 않았다.

　"…얼마나 죽었지?"

　이를 갈며 묻자 돌아오는 대답이 처참하다.

　"…집계 중입니다만. 4할은…."

　"…발목을 붙들렸군."

　으드득!

　이가 부러져라 갈아대는 장양운.

사황련이 감춰둔 공격에 자신은 멍청이가 되어버렸고, 반대로 사황련은 중원 무림의 입장에서 영웅이 되었다.

왜 그렇지 않겠는가.

이 한 번의 공격으로 인해 일월신교의 발목이 붙들린 것은 주지 할 수 없는 사실이니까.

엄청난 돈을 들여 만든 성을 잃었다곤 하지만 사황련의 이름을 사람들에게 각인시킴으로서 무형으로 얻는 것이 더 많았을 것이다.

그렇기에 장양운은 분했다.

결국 놈들의 장단에 놀아난 것에 불과하지 않으니까.

"수습하는 대로 돌아간다."

"명."

하지만 지금으로선 방법이 없었다.

현실을 인정하고 돌아가는 수밖에.

이 소식은 금세 일월신교주의 귀에 들어갔다.

불 같이 화를 낼 법도 하건만 그는 화를 내지 않았다. 오히려 웃으며 보고를 하러 온 수하를 내보냈다.

"재미있구나. 설마하니 공성지계를 무림에서 써먹을 줄은 몰랐는데 말이야."

웃으며 자신의 볼을 툭툭 건드리는 그.

홀로 남은 집무실에서 뭐가 그리 재미있는지 한참을 웃던 그가 자리에서 일어섰다.

"휘경아."

"부르셨습니까."

스르륵.

교주의 부름에 그의 뒤편에 부족한 채 모습을 드러내는 휘경.

"넌 아직도 녀석이 할 수 있을 것이라고 보느냐?"

"예."

"그래, 네 눈이라면 믿을 수 있겠지."

대답 없이 고개를 숙이는 휘경.

"가보거라."

스르륵.

교주의 명령이 떨어지자 곧 모습을 감추는 그.

그리고 잠시 뒤 이번엔 휘경의 형인 태경을 불렀다.

"부르셨습니까."

"오각(五閣)이 사실상 무너진 것이나 마찬가지로구나. 지금 같은 상황에서 너라면 어찌 하겠느냐?"

"애초에 오각은 형식적인 것이었습니다. 그것이 오랜 세월 내려오며 쓸데없는 권력을 쥐게 되었지요. 이번 기회에 싹 없애버리는 것도 나쁜 선택은 아니라 생각합니다."

"후후, 그리 생각하느냐?"

"진정한 신교의 무인이라면 자신이 어디에 몸을 담고

있든 신교 무인이란 자긍심을 가져야 합니다. 헌데, 요즘 아이들은 오각에만 집중하고 있습니다. 저 개인적으로는 잘못된 일이라 생각합니다."

태경은 자신의 생각을 그대로 이야기했다.

교주의 성격상 빼는 것도, 돌려 말하는 것도 좋아하지 않음을 알기 때문이다.

거기다 평소에 오각을 싫어하기도 했고 말이다.

그런 태경의 말에 교주는 고개를 끄덕였다.

"나쁘지 않겠구나. 이번 기회에 확실히 뜯어 고치는 것도 나쁘지 않겠지."

그러곤 잠시 입을 다물었다가 전음으로 명령을 내린다.

―가거라. 가서 녀석들을 완성시켜 데려오너라.

―그곳을 말씀하시는 것입니까?

―그래. 보자… 이름이 하나 있는 것도 나쁘지 않겠지. 그래. 혈영(血影). 혈영이 좋겠구나.

―혈영… 알겠습니다. 혈영이 완성되는 즉시 돌아오도록 하겠습니다.

스스슥.

대답과 함께 모습을 감추는 태경.

이제 태경은 혈영들이 완성되기 전까지는 그 모습을 드러내지 않을 것이다.

그렇지 않아도 완성에 가까웠었으니 그 기다림은 길지 않으리라.

"제법 발버둥을 치는 구나. 재미있어, 아주 재미있어. 많은 것이 바뀌어가지만 결국 무림은 내 손에 들어오게 될 것이다. 그것이야 말로… 내가 진정 바라는 것이니."

❖

"사황련에서 무리를 했군."

"생각했던 것보다 관과 군에서 조용한 것을 생각하면 미리 약을 제대로 친 모양이에요. 이전과 달리 처음부터 모르는 척을 하고 있을 정도니까요."

"그렇겠지."

모용혜의 말에 고개를 끄덕이는 휘.

아무리 관과 무림이 불가침의 관계라곤 하지만 서로 눈치를 보지 않을 수 없었다.

특히 이번처럼 화약이 사용되는 경우라면 더더욱.

이번 일을 주도한 것이 사황련의 군사 삼뇌라고 들었다. 그 정도 되는 사람이라면 일을 저지르기 전에 충분한 대비를 했을 것이 분명했다.

'그보다 금전적 손해를 바탕으로 무림에서 명성을 쌓았으니 오히려 사황련의 입장에선 나쁘지 않은 선택이지.'

그랬다.

사황련으로선 이번 일을 계기로 그 이름을 모든 이들에게 각인시킬 수 있었다.

사파의 집합체인 사황련의 이름을 모르는 사람은 거의 없지만 그 명성은 사실 힘에 비해 떨어지는 것이 사실이었다.

그랬는데 이번의 한 방으로 단숨에 떨어지는 명성을 끌어올린 것이다.

방식이 어쨌든 거침없이 움직이며 누구도 막을 생각을 하지 못했던 저들의 발목을 붙든 것은 사황련이니까.

조용히 두 사람의 이야기를 듣고만 있던 사내.

사황이 쓰게 웃으며 말했다.

"그래도 꽤 많이 살아 돌아갔어. 우리의 준비가 얕았거나, 예상했던 것 이상의 일이 그 안에서 벌어졌다는 뜻이겠지."

"무시 할 수 없는 상대니까."

"그거야 이전부터 알고 있던 거고."

셋 밖에 없는 곳이라 서로 편하게 대하기로 했기에 휘는 사황의 대답에 고개를 끄덕이며 물었다.

"그런데 넌 안가도 돼?"

"굳이 저쪽에 갈 필요는 없으니까. 게다가 뒤에서 뒷짐만 지고 있는 것은 내 성격이랑 안 맞기도 하고. 이번 일을 계기로 전면에 나서 볼까 해서 말이야."

"용호단을 이끌 생각이냐?"

"음…."

휘의 물음에 신음을 흘리며 고민하는 사황.

사실 그의 성격대로라면 최전방에서 싸우게 될 용호단을 이끄는 것이 제일 좋았다.

문제는 성격과는 별개로 그가 가지고 있는 신분이 문제였다.

사황련주.

정도맹과 어깨를 나란히 하는 규모를 가진 사황련의 련주인 그가 최전방의.

그것도 아직 젊은 고수들을 집결시켜 놓은 용호단을 이끄는 것은 여러 가지로 문제가 있었다.

"내가 나서는 것이 제일 좋은 일이긴 한데, 아무래도 좀 어렵긴 하지. 차라리 쓸데없는 절차를 무시하고 진짜 고수들을 한 자리에 모으면 모르겠는데… 아직은 시기상조겠지."

"그렇지. 각자 문파의 일이 있으니까. 최악의 경우에는 그렇게 되겠지만 지금은 아직 때가 아니지."

휘의 말에 고개를 끄덕이며 동의하는 사황.

일월신교가 본격적으로 움직이기 시작하자 각파의 고수들을 끌어 모으기 시작한 정도맹과 사황련이지만 아직까진 지지부진한 모습이었다.

아무래도 실력이 있는 자들은 각 문파에서 자리를 하나씩 맡고 있다 보니 자유롭지 못했던 것이다.

우선은 그들을 두고 자유롭게 움직이고 있는 자들을 중심으로 끌어 모으고 있는 상태긴 하지만 아직 부족한 감이 있었다.

"일단 발목은 확실히 붙들었지만 그리 오래가진 않겠지. 놈들의 숫자가 보통은 아닐 테니까. 이번에도 정공법으로 나올까?"

"모르지. 다만 놈들이 자신들이 힘의 우위에 있다는 것을 확실히 하고 싶다면 정공법으로 나오기야 하겠지. 다만, 그 숫자가 이번과는 비교도 되지 않겠지."

"최악의 경우는?"

사황의 물음에 휘는 탁자 위의 지도를 보며 냉정하게 손으로 줄을 그었다.

"단숨에 밀리겠지. 손 쓸 수 없을 정도로."

휘의 손이 그어진 경계를 보며 사황과 모용혜의 얼굴이 굳어진다.

그 경계는… 호북이었다.

중원의 절반.

아니, 그 이상이 놈들에 손에 들어가게 되는 것이다.

"이때가 되면 총력전이지. 돌이킬 수 없기 전에."

휘의 중얼거림에 두 사람이 절로 고개를 끄덕인다.

騎不醫
歸默 94 章

昏春歸還

94 章

　북경의 경계에 자리를 튼 천향문.

　지금은 천향문이란 이름을 가지고 있지만 무수한 세월 동안 이 자리를 지키며 수도 없는 이름을 가졌었다.

　마치 가면을 바꿔 쓰듯.

　그렇게 이름을 바꾸면서도 변하지 않는 것이 있다면, 소수정예로 문파를 구성한다는 것과 결코 열리지 않는 정문을 꼽을 수 있다.

　간혹 유지보수를 위해 정문을 여는 경우는 있지만 그 외를 제외한다면 한 번도 열린 적이 없는 정문.

　그 정문이.

오늘 열렸다.

"주인의 귀환을 오랜 시간 기다렸습니다."

문파의 모든 구성원들이 무릎을 꿇은 가운데.

천향문주 연태극이 정문을 통과해 들어오는 사내를 향해 고개 숙인다.

"고개를 드세요. 제가 뭐가 대단하다고….”

"대단하신 분이지요. 어찌 그렇지 않을 수 있겠습니까? 이젠 그 세월마저 까마득한 약속을 이행하실 분이 오셨으니, 저희에게 있어 주인은 신과 다름없습니다."

경건하면서도 절도 있는 연태극의 말에 사내.

화소운은 얼굴을 붉히며 볼을 긁었다.

"일단… 이야기를 좀 할까요?"

"이쪽으로."

말이 떨어지기 무섭게 일어서더니 앞장서서 화소운을 자신의 거처로 안내한다.

곧 정문이 닫히고 본래의 천향문 모습을 갖췄지만.

그 안에서 흘러나오는 기운 만큼은 이전과 확연하게 달랐다. 조용하고 고요하던 기운은 사라지고, 누가 보더라도 잔뜩 흥분한 기운이 사방에 흘러넘치고 있었다.

당연하다는 듯 화소운을 상석에 앉히고 자신은 무릎을 꿇은 채 마주하는 연태극.

과한 모습이라 생각하여 연신 편하게 앉으라 했지만 그

는 고개를 흔들 뿐이다.

"저희는 오랜 시간 주인이 오기를 기다리며 이 자리에 있었습니다. 수없이 오랜 시간이 지나, 마침내 주인이 돌아왔으니 이젠 더 이상 이곳을 지킬 필요가 없어진 것이지요."

"들어서 알고 있습니다. 제가 이곳으로 가게 된다면… 이곳을 묶어두고 있던 모든 제약은 사라지게 된다고."

"정확합니다. 저희는 이곳을 벗어날 수 없다는 금기가 대대로 전해져 오고 있습니다. 이 때문에 세상 밖으로 갈 수가 없었지요. 새장 속의 새라고나 할까요? 이젠 주인이 모습을 드러내었으니 모든 금기가 깨어진 셈이지요."

주륵ㅡ.

감동스러운 듯 그의 눈가에서 눈물이 흘러내린다.

왜 그렇지 않겠는가.

자신만 하더라도 이곳에서 수십 년을 기다렸고, 그 앞의 사람들까지 합친다면 어마어마한 세월을 이곳에서 버텨왔을 것이다.

오직 자신이 찾아오길 기다리며.

"본래 이렇게 오래 걸릴 일이 아니었을 겁니다. 약속을 했던 분들끼리도 길게 십년, 이십년을 생각했을 겁니다."

"저 역시 그리 알고 있습니다."

"그날. 본문이 무너지고 약속은 지켜지지 못했지요."

"저희는 기다렸습니다. 언제고 약속이 지켜질 것을 믿으며. 그렇게 버텨온 세월이었습니다."

묵묵히 자신의 말을 받는 연태극을 보며 화소운은 한숨을 내쉬었다.

자신 하나를 위해 감히 얼마나 오랜 시간을 저들이 기다려왔는가.

가슴에 돌을 하나 얹은 기분이었다.

그런 소운의 기분을 눈치 챈 것인지 연태극이 빙긋 웃으며 말했다.

"그리 고민하실 필요 없습니다. 약속을 지키고자 한 것도 저희이고, 기다리고자 한 것도 저희 입니다. 늦게라도 약속을 잊지 않고 지켜주셔서 감사한 것 역시. 저희 입니다. 주인의 탓이 아닙니다."

"그렇게 말씀하셔도 가볍게 생각할 순 없네요. 제 실력이 미천하여 이곳을 더 빨리 찾을 수 없었으니…."

무공을 익히는 순간부터 이곳의 존재에 대해선 소운도 잘 알고 있었다.

하지만 이곳이 정말 약속을 지키며 기다리고 있을 것인지 확신 할 수 없었고, 이곳을 찾기 위한 최소한의 조건도 달성하지 못한 상태라 흐지부지 되었었다.

만약 자신만의 무기가 필요하지 않았다면 이곳을 떠올

리지 못했을 수도 있었다.

그 정도로 자신은 이곳을 잊고 살았으니까.

때문에 더욱 이들에겐 미안했고.

"이유가 무엇인들 어떻습니까?"

"네?"

연태극이 소운을 바라보며 빙긋 웃는다.

"중요한 것은 지금 주인이 이곳을 찾았다는 겁니다."

저벅, 저벅.

예의 그 비밀통로를 통해 지하 깊은 곳으로 내려가는 두 사람.

익숙하게 길을 안내하는 연태극과 달리 소운은 조심스럽게 주변을 살피며 걷는다.

걱정 때문이 아니었다.

이 비밀통로 자체에 쌓인 세월의 흐름을 지금 소운은 조금씩 느끼고 있었다.

그리고 계단을 따라 벽에 걸린 현판들이 모습을 드러낸다.

끝도 없이 이어질 것 같은 현판들의 모습에 걸음을 멈추는 소운.

"이건…."

"그동안 저희가 바꿔왔던 문파의 현판입니다. 폐기하기

아까워서 이곳에 걸기 시작했는데, 어느 사이에 전통 비슷하게 되어버리는 바람에… 하하하."

"이렇게나 많은…."

"천향문의 현판도 주인이 조금만 늦었어도 이곳에 걸렸을 겁니다. 이름을 바꾸고 숨을 죽일 필요가 있었으니까요."

"무림의 상황 때문이로군요."

"아무래도 제약이 많으니까요."

웃으며 대답을 하지만 저 많은 현판에 쌓인 세월의 무게란 어마어마한 것이었다.

이전보다 더 천천히 걸어 내려가며 소운은 현판 하나하나를 전부 읽어내려 간다.

"딱히 의미가 있는 이름들은 아닙니다. 그때, 그때 문주의 취향에 따라 이름을 바꾸기도 했습니다. 다만 결코 겹치는 이름이 없도록 주의했다는 것이 특이하다면 특이하겠지요."

그렇게 이야기를 나누는 사이 마침내 통로의 마지막에 도달 할 수 있었다.

아수라가 선명하게 새겨진 철문을 보며 소운이 감탄하고 있을 때 벽에 횃불을 건 연태극이 앞으로 나선다.

"문을 열겠… 아!"

평소처럼 내공을 불어 넣으려던 연태극이 뒤늦게 깨달은

듯 뒤로 물러서며 소운을 바라본다.

"저보다는 주인이 하는 게 나을 것 같습니다."

"어떻게 하면 됩니까?"

"내공을 밀어 넣으면 됩니다. 문이 열릴 때까지."

그의 말에 소운은 즉시 철문에 손을 대고 내공을 일으켰
다. 그러길 잠시.

그그긍!

"역시!"

자신이 할 때와 달리 너무나 쉽게.

힘든 기색 하나 없이 문을 여는 소운을 보며 연태극은 연
신 고개를 끄덕였다.

주인이 아니고서야 이 문을 이렇게 쉽게 열 수는 없었다.
그걸 누구보다 잘 아는 그이기에 절로 고개를 끄덕인 것이
고.

문이 열림과 동시 불이 붙는 소리와 함께 절로 안쪽이 밝
아지기 시작하고.

연태극이 다시 길을 안내한다.

그리고 마주치는 거대한 비석.

검붉은 빛이 감도는 비석에 새겨진 글귀를 보며 연태극
은 소운의 뒤로 물러섰다.

이젠 자신이 앞장 설 필요가 없기 때문이다.

우웅, 웅—!

그때 돌연 비석이 흔들리며 강렬한 공명음을 토해내기 시작한다.

단 한 번도 이런 적이 없었기에 크게 당황하는 연태극과 달리 소운은 마치 이럴 줄 알았다는 듯 비석에 손을 놓고 부드럽게 내공을 불어 넣었다.

우웅. 웅…

화가 난 아이를 달래듯 내공이 비석 전체를 감싸자, 서서히 진동과 울음을 멈춘다.

그리고.

휘이이.

녀석이 바람을 일으킨다.

코끝을 스치는 청아한 향을 내뿜으며.

"말로만 듣던 청향석을 이곳에서 볼 수 있을 줄은 몰랐습니다. 도가에선 이것 이상의 보물을 찾아 볼 수 없을 정도인데."

홀로 중얼거리는 소운.

하지만 그걸 들은 연태극은 깜짝 놀랐다.

가끔 보던 저 비석이 설마하니 청향석일 것이라곤 조금도 생각지 못했던 것이다.

이곳을 지키는 수호자이지만 이 안의 물건들에 대해 완벽하게 파악하고 있는 것은 아니다.

그렇기에 청향석의 존재에 놀라는 것이다.

청향석은 그 이름처럼 독특한 향을 내뿜는데, 머리를 맑게 해주고 육신의 기운을 돋워준다.

도가에선 청향석의 보물 중의 보물로 취급하는데, 수십 년에 한 번 발견 될까말까 할 정도로 귀한 물건인데다가 그 크기마저 작았다.

이 비석 정도의 크기라면… 그야 말로 부르는 것이 값이고 이 때문에 도가에서 큰 싸움이 벌어질 수도 있었다.

하지만 놀라는 것도 잠시.

그의 머릿속에 드는 의문 하나.

"청향석은 푸른색을 띤다고 했… 아!"

말이 채 끝나기도 전.

검붉은 빛이 돌던 비석이 서서히 그 색을 지우고 푸른빛을 발하기 시작했다.

마치 오랜시간의 잠에서 깨어나듯.

"움직이죠."

멍하니 비석을 바라보는 연태극을 깨우며 소운이 마치 다 알고 있다는 듯 발걸음을 옮긴다.

정확히 무기고를 향해서.

무기고의 수도 없이 많은 무기들을 뒤로하고 소운은 쉬지 않고 안쪽으로 걸었다.

마치 저것들이 함정이라는 것을 알고 있다는 듯 말이다.

그렇게 안쪽으로 들어간 끝에 소운은 보았다.

거대한 돌에 틀어 박혀 있는 검을.

위험할 정도로 오싹하고, 불길한 자색의 기운을 연신 흘리고 있는 검.

그 기운에 중독된 것인지 녀석이 틀어박힌 바위 역시 자색으로 요사스럽게 빛난다.

하지만 소운의 움직임엔 거침이 없었다.

호흡을 정리한다, 싶더니 곧장 검을 향해 움직인 것이다.

이번에도 놀라긴 했지만 연태극은 나서지 않았다.

어차피 이곳의 주인은 소운이고, 자미검(紫微劍)과의 일 역시 그가 해결해야 하는 일이라는 것을 잘 알기 때문이다.

그가 해야 하는 것은 이곳의 수호자로서 지켜보는 것 뿐.

긴장된 눈으로 소운의 뒤를 쫓는다.

우웅, 웅-!

소운의 접근에 자미검의 기운이 더욱 맹렬해지더니 거친 기운을 사방에 뿌려대기 시작했다.

접근하지 말라는 듯.

"후우…!"

온 몸을 찌릿찌릿하게 만드는 기운에 소운은 서서히 내공을 끌어올려 대항하면서 걸음을 멈추지 않았다.

한걸음, 한걸음.

자미검을 지척에 두자 녀석은 마치 마지막 발악이라도 하려는 듯 상상을 초월하는 기운을 내뿜어 낸다!

멀찍이서 지켜보던 연태극이 신음을 흘리며 급히 뒤로 물러설 정도로.

하지만.

소운은 녀석의 발악에도 불구하고 큰 영향을 받지 않고 있었다.

"오래 기다리게 해서 미안하다. 이제는 다시 세상으로 나갈 때가 되었어."

덥썩!

우우우!

드드득! 드득!

검을 잡는 것과 동시 녀석이 비명을 내지르지만.

소운은 거침없이 녀석을 바위에서 뽑아 들었다.

"가자. 나와 함께!"

쑤욱!

번쩍!

자색의 기운이 단숨에 동부를 가득 채웠다가 사라진다. 순간 눈이 멀 정도로 강렬한 빛의 강림에 눈을 감았다 뜬 연태극은 보았다.

우웅, 웅.

자색의 기운을 뿌려대면서도 소운의 뜻대로 반항하지

않고 움직이고 있는 자미검을.

그리고 웃고 있는 그의 얼굴을.

"전진의 부활은 너와 함께 할 것이다."

웅, 웅ㅡ.

마치 사람의 말을 알아듣는 듯 녀석이 낮게 울음을 터트린다.

전설의 문파.

이 단어로 무림인들에게 물어본다면 열에 다섯.

아니, 그 이상은 한 문파를 꼽을 것이다.

전진파.

도가 최강의 문파로 군림했으나, 어느 날 조용히 사라져버린 전설과도 같은 문파.

그들이 왜 사라진 것인지에 대해선 아직도 의견이 분분하다.

무림에 지대한 영향을 끼치던 그들이 일순간에 모습을 감춘 사건에 대해서 확신을 가지는 자들은 없지만, 그들의 흔적을 쫓아.

전진의 무공을 얻으려는 자들은 수도 없이 많았다.

만약 전진이 사라지지 않았다면 구파일방의 수좌는 소림이 아닌 전진이 되었을 것이라 할 정도였으니까.

하지만 누구하나 전진의 흔적을 찾아내는 사람은 없었다.

그렇게 전설이 되었는데.

지금 이 순간.

전설이 다시 깨어났다.

화소운이란 전진 유일의 제자와 함께.

❖

3만.

무려 3만이었다.

일월신교에서 작정을 한 듯 동원한 인원의 숫자가 물경 3만에 달하고, 그들을 지원하는 물자의 양은 상상을 초월했다.

중원 전체 인구를 따지자면 3만이란 숫자는 그리 크지 않을지도 모른다.

하지만 무림으로 축소시킨다면 전혀 다른 이야기다.

무림 문파가 3만이란 인원을 동원시킨다는 것은 그야 말로 어마어마한 일이었다.

물론 구파일방 정도 되는 문파들이라면 속가제자들을 동원 할 수 있으니 그쯤은 어렵지 않게 부릴 수 있었다.

그럼에도 쉬이 그럴 수 없는 것은 아무리 불가침의 관계에 있다지만 관의 눈을 의식하지 않을 수 없기 때문이었다.

그렇지 않아도 일반인들보다 월등히 강한 무림인들이 수천, 수만에 달하는 세력을 이루고 그 검의 끝이 관을 향하게 된다면.

생각하는 것만으로도 끔찍한 일이 벌어질 수도 있는 일이었다.

무림에 대항하기 위한 군문 세력이 없는 것은 아니지만 무림의 세력과 비교하기엔 그 힘이나 영향력이 떨어지는 것도 사실이다.

어쨌거나 그런 사항들을 신경 쓰지 않겠다는 듯 동원한 일월신교의 3만 무인은 좋든, 싫든 사람들의 눈을 사로잡을 수밖에 없었다.

마침내 그들이 움직였을 때.

강하다, 강하다 생각했지만 상상을 초월하는 그 충격에 무림은 경악해야 했다.

삼일.

겨우 삼일 만에 청해가 사천이 무너졌고, 위태롭게 버티던 감숙이 뒤이어 무너져 내렸다.

뿐 만인가.

아예 작정을 한 듯 운남과 귀주가 단숨에 집어 삼켜졌다.

여기까지 걸린 시간이 겨우.

겨우 한 달에 불과했다.

3만이란 인원이 동시에 사방으로 진격했다곤 하지만 흩어지면 사실상 머릿수로 힘을 쓰긴 어려울 것이라 예견했지만, 그들은 강했다.

누구하나 떨어지는 자들이 없었다.

오죽하면 일월신교 무인들 중에 가장 약한 자가 무림 일류고수에 필적한다는 소리가 들려오겠는가.

중원의 삼분지일을 집어 삼키고서야 겨우겨우 발걸음을 멈춘 그들.

아니, 멈춘 것처럼 보였던 그들이 하나 둘 집결하기 시작했다.

그 목적지는 중경이었다.

정도맹과 사황련 역시 중경으로 힘을 집경하기 시작했다.

동과 서로 나뉘었을 때 정확히 중앙에 위치하는 중경은 서로 간에 포기 할 수 없는 요충지였다.

지역 자체는 딱히 이득을 볼 것이 없지만, 그곳이 가지고 있는 의미가 보통이 아니기에 서로 물러설 수 없는 것이다.

그 어느 때보다 조용한 암문.

일월신교의 움직임에 사방으로 흩어져 쉬지도 못하고 뛰어다녔던 통에 암영들은 크게 지쳐있었다.

더 이상 움직이지 못할 정도로.

모두가 지친 육신을 쉬고 있을 때 유일하게 밤을 밝히며 쉬지도 않는 사람이 있었으니 바로 모용혜였다.

암문의 지낭으로서 그녀는 최선을 다했다.

그녀의 지휘 덕분에 휘도 큰 고민 없이 빠르게 움직일 수 있었을 정도였다.

모용혜의 지휘는 정확했고 그 덕분에 꽤 많은 이들을 살릴 수 있었다.

스스로 생각해도 제법 일 처리를 잘했다고 느껴졌지만 모용혜는 만족하지 않았다.

아니, 만족 할 수 없었다.

수많은 이들이 죽어가고 있었으니까.

심지어 암영들까지도.

"여기서 이쪽으로 조금만 빠르게… 아니야, 여긴 포기해야 해. 쓸데없이 힘만 낭비할게 틀림없어. 어떻게든 우리 쪽 희생을 줄여야…"

시름이 깊어가는 그녀의 얼굴.

모용혜가 보고 있는 것은 중경의 상세한 지도였다. 지도 곳곳에 표기되어 있는 검은 깃발과 하얗고, 푸른 깃발.

검은 것은 일월신교고 하얀 것은 정도맹, 푸른 것은 사황련을 표시하고 있었다. 누가 보더라도 현 무림의 상황을 단숨에 알 수 있도록 잘 정리된 것이지만…

그녀의 얼굴은 펴지지 않는다.

팽팽하게 대치하고 있는 것 같지만 모용혜는 알고 있었다. 겉보기와 달리 중원 무림이 크게 밀리고 있다는 것을.

지금도 도움을 요청하는 서류가 쉬지 않고 밀려들고 있었다.

이미 중원에서 암문을 모르는 이들은 없었다.

암문에 도움을 받고, 그 활약상을 듣지 못한 이가 없을 정도로 뜨거운 반응이었지만.

'모두를 도울 순 없어. 그리고 이젠 무리해서 움직일 수도 없고.'

그녀는 선을 딱 그었다.

이전처럼 무리해서 움직이는 일은 더 없어야 했다.

다른 사람을 구하고자 자신의 사람을 잃는 일은 없어야 했으니까.

물론 그것이 중원 무림의 미래를 결정지을 중요한 싸움이라면 얼마든지 참가하겠지만, 그렇지 않는 상황에서 전력을, 가족을 잃는다는 것은 결코 좋은 일이 아니었다.

그렇게 그녀의 고민이 깊어져가고 있을 때였다.

"뭘 그렇게 고민해?"

"꺅!"

갑작스레 옆에서 들리는 남자의 목소리에 깜짝 놀란 그녀가 굳은 얼굴로 옆을 보자.

놀란 휘가 황당한 얼굴로 모용혜를 보며 맞은편에 앉는다.

"뭘 그렇게 놀라? 불러도 대답이 없어서 들어오긴 했는데."

"…죄송해요."

휘의 얼굴을 보고서야 안도의 한숨을 내쉬는 모용혜.

이곳이 암문 심처라는 것을 알면서도 갑작스런 일이다보니 놀란 것이다.

"흠…."

휘의 시선이 지도 위로 향한다.

그녀의 고민이 잘 드러나 있는 지도의 모습에 휘는 곧 고개를 저으며 지도를 치워버렸다.

"아…!"

"쉬지도 않고 보고만 있다고 해서 해결이 될 수 있는 것도 아닌데 이런데 힘쓰지 마. 네가 고생하고 있다는 것은 모두가 아는 사실들이니까."

"하지만…! 하지만 제가 조금이라도 잘못 일을 처리한다면 모두의 목숨이… 생명이!"

"그런 부담감을 가지지 말란 소리다."

단호한 휘의 말에 모용혜의 시선이 휘를 향한다.

어느새 그녀의 눈 위로 차오르는 눈물.

그 눈물을 보며 휘는 자신이 그동안 모용혜에게 무관심했음을 인정해야 했다.

워낙 혼자서도 잘 처리하다보니 자연스럽게 신경을 덜

쓰게 되었는데, 그러는 동안 그녀 혼자서 삭여야 했던 일이 얼마나 많았겠는가.

제대로 잠도 자지 못하고 이렇게 매달리고 있는 모습을 보니 괜스런 죄책감까지 든다.

"무림인은 언제든 자신의 칼날에 누군가를 죽일 수도 있지만, 반대로 죽을 수도 있다는 것을 잘 알고 있지. 설령 그것이 누군가의 지시 때문이라 하더라도. 그러니 네가 죄책감을 가질 필요는 없어."

"…쉽지 않아요."

주륵-.

결국 흘러내리는 눈물.

"저도 그걸 알고 있지만 쉽지 않아요. 이렇게 했더라면, 저렇게 했더라면… 머릿속에서 지워지지 않는 것을 어떻게 해요."

울음을 터트린 그녀를 바라만 보던 휘가 자리에서 일어난다.

그리고.

모용혜를 조심스럽게 품에 안았다.

"아까도 말했지만 죄책감을 가질 필요는 없어. 우리의 죽음은 무림의 미래를 향하는 밑거름이 될 것이라 확신하니까. 최후의 순간에 단 한 사람이라도 이 땅에 서 있다면. 그걸로 우리는 만족할 수 있어."

"흑!"

품 안에서 서럽게 우는 그녀의 등을 두드리며 말하는
휘.

하지만 그것은 그녀에게 말하는 것이자, 자기 스스로에
게 말하는 것이기도 했다.

-안 가?

-…안 가.

연태수의 물음에 화령은 침울한 기색으로 답했다.

저 회의실 안에서 무슨 일이 일어나고 있는지 뻔히 알면
서도 달려가지 않는 누이를 보며 태수는 놀란 듯 했지만,
정작 화령은 아무런 반응을 보이지 않았다.

아니, 아쉽기는 했다.

하지만 이 이상 진도를 나가지 않을 것이란 사실을 알기
때문에 움직이지 않았다.

'그런 사람이니까… 내가 좋아하는 거겠지만.'

자신과 몇몇 여인들의 마음을 휘가 모르고 있을 것이라
곤 생각지도 않았다.

확실하게 대놓고 말을 한 적은 없지만 은근하게 표현을
한 적은 아주 많았으니까.

그럼에도 그는 흔들리지 않았다.

마치 하나의 목표를 향해 달려가는 것만으로도 정신이
없다는 듯.

'아직 시간은 있어. 마지막에. 마지막에 곁에 있는 사람이 이기는 거야.'

스스로에게 다짐하는 화령.

그런 그녀의 곁에서 태수가 고개를 젓는다.

움직이진 않았지만 불타오르는 두 눈을 본 까닭이다.

그렇게 또 하루가 흘러간다.

95 章

　일월신교가 본격적으로 움직이기 시작하자, 교주의 업무도 자연스럽게 늘어나기 시작했다.

　지금까지는 단목성원과 장양운에게 맡겨놓고 손을 거의 대지 않았지만 이젠 아니었다.

　단목성원은 죽었고, 장양운에게는 아직 직책을 내리지 않았다.

　결국 신교의 업무 대부분이 그의 손을 거쳐야 한다는 것인데, 자연스럽게 그의 입에선.

　"귀찮군."

　짜증이 섞여 나올 수밖에 없었다.

최대한 올라오는 서류를 줄인다고 줄였지만 여전히 그가 직접 나서야 하는 일은 많았고.

결국 빠른 속도로 중원을 향해 진격하던 모든 움직임을 멈추게 만들었다.

그것이 중경에서 중원 무림과 대치하게 된 결정적인 이유였지만, 누구도 신경 쓰지 않았다.

사실 일월신교 입장에서도 집어 삼킨 지역을 소화시킬 필요가 있었고, 중원 무림 입장에서도 숨 돌릴 틈이 필요했으니까.

이 모든 것을 귀찮다는 이유로 만들어 내었음에도.

교주의 일은 줄어들지 않았다.

오히려 늘어나면 늘어났지.

"도저히 못해먹겠군. 장양운을 불러라!"

결국 서류를 집어 던지며 밖을 향해 소리친다.

그러고 잠시 뒤.

"부르셨습니까."

장양운이 교주의 앞에 무릎을 꿇는다.

"단목성원이 죽었고, 이제 네 앞에는 누구도 남지 않았구나. 허나, 그것이 네 자리를 보장해주는 것은 아니다. 잘 알고 있겠지?"

"예. 제 능력을 더 증명해 보여야 한다는 것을 잘 알고 있습니다. 기회만 주신다면 반드시 만족스럽게 해드리겠습니다."

"기회, 기회라. 그래, 그것도 나쁘지 않겠지."

사부의 말을 들으며 장양운은 두근거리는 심장을 어쩌지 못했다.

마침내 인정을 받을 수 있는 길이 열리는 것이다.

아니, 그보다 중원 무림을 향해 마음껏 움직일 수 있는 기회가 자신의 손에 떨어지기 직전이었다.

"네게 임시 소교주의 자리를 내리겠다. 이것들."

말을 끊으며 손에 들어 보이는 서류들.

"네 선에서 처리해보아라."

"최선을 다하겠습니다."

고개 숙이는 장양운과 그 모습을 보며 웃는 교주.

비록 자신이 원하던 것과 다르긴 하지만 인정을 받을 기회를 잡은 것은 분명 나쁘지 않은 일이었다.

교주도 복잡한 서류를 장양운에게 떠밀 수 있으니 좋은 일이었고.

'서류처리는 전에도 능력을 보였으니 이번에도 잘 해내겠지. 남은 것은 실력인데… 실력도 나쁘지 않지.'

아미파의 일을 잘 처리하며 나름의 인정을 신교 무인들 사이에서 받기 시작한 장양운이다.

이제 큰일을 자신의 손으로 몇몇 더 처리한다면 후계의 자리를 그의 것이 될 것이었다.

"뭐… 괜찮겠지."

"예?"

"아니다, 물러가라."

"명."

금세 혼자가 되어버린 방에서 교주는 천천히 몸을 일으
킨다.

"아무래도 상관없겠지. 소교주는 소교주일 뿐. 이 자리
의 주인은 될 수 없으니까."

웃으며 자신이 앉았던 의자를 매만진다.

그의 말처럼 소교주는 어디까지나 소교주일 뿐.

교주라 부르기 어려웠다.

물론 교주의 자리에 가장 가까운 것은 사실이지만, 반대
로 말하면 그뿐이다.

교주가 물러서지 않으면 죽는 그 순간까지.

소교주일 뿐.

"이제 나도 홀가분하게 움직일 수 있겠군."

너무 오랜 시간 몸을 움직이지 않았다.

귀찮은 일들을 장양운에게 미루었으니 이젠 홀가분하게
움직일 수 있을 터.

교주의 시선이 중경으로 향한다.

❖

팽팽한 긴장감이 맴도는 중경.

중원 무림의 시선이 중경에 쏠리고, 실제로 수많은 무인들이 중경으로 집결하고 있었다.

그러다보니 관에서도 날카롭게 무림을 주시하고, 언제든 군이 움직일 수 있도록 대처를 하고 있었다.

자연스럽게 무림과 인연이 없던 일반인들에게도 그 긴장감이 전해졌고, 그 결과 중경 전체가 경직되어가기 시작했다.

"어마어마한 돈이 한 순간에 날아가는 군."

검제의 말에 신묘가 쓰게 웃으며 고개를 저었다.

"어쩔 수 없는 일입니다. 그깟 돈을 아끼자고 관에서 움직이도록 둘 수는 없는 일이지 않습니까? 그들이 움직이는 순간 무림의 일은 무림의 일로 끝나지 않게 됩니다."

"나도 아네. 알고 있지만… 저 돼지들 배를 불리는 일은 역시 마음에 들지 않아."

"저도 그렇습니다. 하지만 어쩔 수 없는 일도 있는 법이지요."

신묘의 말에 검제는 대답하지 않았다.

관의 분위기를 풀기 위해 정도맹에서 사용한 자금은 그야 말로 헉 소리가 나올 정도였다.

다른 일도 아니고 겨우 이런 일에 쓰기 위해 모은 자금이 아니었기에 검제로선 더 안타까울 수밖에 없었다.

"그나마 사황련 측에서 지원을 해준다고 하니, 손해가 그렇게 까진 막심하진 않을 겁니다."

"쯧, 저쪽도 일이 커지면 나빠질 테니까. 그보다 천탑상회에서 또 막대한 자금 지원이 있었다고?"

"벌어들이는 것 대부분을 지원하는 것이 아닌가 싶을 정도로 엄청난 금액입니다. 사실상 그들이 아니었다면 본맹의 자금력은 벌써 바닥을 들어냈을 겁니다."

"흐음…."

천탑상회가 정도맹에 지원을 하는 금액은 상상을 초월했다. 전체 자금의 4할을 훌쩍 넘는 금액을 그들이 지원했을 정도.

각 문파에서 꽤 많은 지원을 하고 있었지만 부족한 부분이 있었는데, 그것을 천탑상회에서 완벽하게 지원을 해준 것이다.

아무리 천탑상회가 근래 중원에서 크게 영향력을 발휘하며 막대한 금액을 벌어들이고 있다곤 하지만 그것을 감안하더라도 놀라운 금액이었다.

천탑상회가 망하는 것이 아닌가 싶을 정도로 말이다.

"대막의 지원이 있으니 가능한 일이겠지요."

"이대로 싸움이 잘 끝난다면… 무시 할 수 없겠군."

"중원에 완전히 뿌리를 내리게 되겠지요. 저희 역시

완전히 외면 할 수는 없는 일일 테니…."

받는 게 있으면 주는 것도 있어야 할 것이다.

받을 확률이 얼마나 되는지 알 수 없지만, 일월신교를 물리치고 난다면 천탑상회는 지원했던 것 이상의 것을 손에 쥘 수 있을 것이다.

그때 가서 오히려 천탑상회의 막강해진 영향력 때문에 벌써부터 고민을 해야 하지 않나 싶을 정도로 말이다.

"머리 아픈 일은 나중에 생각하지. 지금은 일월신교를 막아내야 하는 것만으로도 머리가 복잡하니."

"지당하신 말씀이십니다."

"각파의 정예는?"

"어제 집결을 완료했습니다. 각파에서 꼭 남겨놔야 하는 인원을 제외하곤 최고의 정예들만을 보내왔습니다. 이 정도라면… 충분히 저들과 해볼 만 할 것 같습니다."

"자신감은 금물일세."

검제의 냉정한 말에 신묘는 고개를 숙였지만 그 눈빛만큼은 빛나고 있었다.

그도 잊고 있는 것은 아니었다.

그럼에도 불구하고 그만큼의 자신감이 생길 정도로 정도맹에 집결한 힘은 어마무시 한 정도였다.

이 정도라면 충분히 저들과 겨룰 수 있지 않나 싶을 정도로.

'자만은 금물이다. 언제나 최악의 경우를 생각해둬야 하는 것이, 군사로서의 일.'

들뜬 마음을 다잡으며 냉정함을 잃지 않는 신묘.

이것이야 말로 그를 정파 최고의 지낭으로 있게 해준 가장 강력한 원동력이었다.

"얼굴이나 보러 가지. 진짜 놈들로 싸움이 가능 할 것인지 내 눈으로 봐야 할 것 같으니."

"네. 이쪽으로."

신묘와 검제.

두 사람의 발걸음이 빨라진다.

크지 않은 평야를 두고서 서로 마주선 두 세력.

일월신교와 정도맹과 사황련의 연합체.

아직 공식적으로 발표할 단계는 아니지만 일월신교에 대항하기 위해 어차피 손을 잡을 것이라면 임시로라도 하나의 단체로 통합하자는 이야기가 흘러나오고 있었다.

물론 그 이야기의 진원지는 신묘와 삼뇌였고.

하지만 거기에 거부감을 가지는 자들이 아직도 많아서 갈 길이 멀기는 했다.

덕분에 일월신교를 마주하고 함께 서 있기는 했지만,

미묘한 거리감이 느껴지고 있었다.

"긴장되는군."

사황련 장로라는 감투를 뒤집어 쓴 오호문의 문주 은호검 기천랑이 놈들에게서 전해지는 강렬한 느낌에 침을 삼키며 이야기하자, 곁에 서 있던 천사팔검 기양후가 웃었다.

"벌써부터 떨면 나중에 가면 그거 떨어지는 거 아니냐? 너무 떨어서?"

"…지랄하고 있네."

"캬하하하!"

은호검의 욕설에 경박하게 웃는 천사팔검.

하지만 이 웃음 역시 자신의 긴장감을 털어내기 위해서라는 것을 알기에 은호검은 더 이상 말하지 않았다.

덕분에 주변에 함께 서 있던 사황련 장로들의 얼굴이 피기 시작한다.

사황련에 투신한 문파들 중에 그 영향력이 큰 곳의 주인들에게 사황련은 장로라는 감투를 씌웠다.

아무것도 아닌 것 같지만 장로라는 직책을 줌으로서 사황련에 대한 애착을 가지게 만들려는 의도였고, 그것은 그리 나쁘지 않은 효과를 가져왔다.

최소한 같은 사파끼리의 싸움이 크게 줄어든 것이다.

"련이 만들어지지 않았으면 지금쯤 우리 뭐하고 있을까?"

"…신나게 저쪽에 붙었겠지."

은호검의 말에 천사팔검이 피식 웃었다.

"그렇지? 살겠다고 저쪽에 빠르게 붙었겠지. 그런데 왜 나는 지금 이렇게 가슴이 떨리는지 모르겠다. 솔직히 목이 떨어질 확률은 이쪽이 더 높은데, 이상하게 떨려. 흥분 되서. 내가 변태인 거냐, 아님 너희도 그런 거냐?"

그의 물음에 은호검이 소리 없이 웃었고, 곁의 장로들 역시 마찬가지였다.

"뭐야, 나만 그런 줄 알았더니 다들 그랬단 말이지? 그래, 뭔 진 모르겠지만 하나는 확실하지. 이쪽에 선 것이 백 번 생각해도 잘했다는 거 말이야."

"게다가 더 재미있기도 하지."

"사파 주제에 재미를 찾는 것도 우습긴 하지."

"아하하하!"

"와하하하!"

누군가의 대꾸에 모두가 크게 웃는다.

그 말처럼 얼마 전의 자신들이었다면 중원 무림 따윈 버려두고 단숨에 일월신교에 붙었을 것이다.

이득을 계산해 가면서 말이다.

돌이켜 보면 정말 재미없는 삶이었다.

자신들은 무림인인데 말이다.

"난 이제야 진짜 무림인이 된 것 같아."

"나도."

"나만 그런 줄 알았더니, 새끼들."

여기저기서 툴툴대면서도 웃음들을 터트린다.

평소 얼굴만 봤다하면 서로 못잡아 먹어서 안달이었던 과거를 이제 없었다.

한 사람.

단 한 사람이 이 모든 것을 바꾸었다.

사황(邪皇) 하우성.

어느 날 갑작스레 나타난 그의 등장에 수많은 것들이 바뀌었고, 그 대표적인 것이.

정파와 어깨를 나란히 하고 있는 지금이었다.

"사파의 기세가 대단합니다."

"이전의 모습은 이제 기억에서 지우는 것이 나을 것 같습니다. 사황련. 아니, 사황의 존재로 인해 사파는 우리 정파와 어깨를 나란히 하는 진정한 무림 세력으로 발돋움 할 것이 분명합니다."

"동의합니다."

소림방장 혜명대사의 말에 무당 장문인 태극검이 고개를 끄덕이고, 화산 장문인 매화일검이 맞장구쳤다.

구파일방.

이젠 몇 남지도 않았지만 그렇기에 진정한 의미에서

정파의 기둥만 남게 되었다.

이미 소림, 무당, 화산은 총동원령을 내려 각파의 모든 제자들을 불러 모으는 중이었고, 이곳 중경에는 자신들이 직접 각파의 정예들을 이끌고 합류해 있었다.

이곳에서 밀리면 뒤를 기약하기 어렵다는 것을 너무나 잘 알기 때문이었다.

비단 그들뿐만 아니라 각 문파들 모두가 정예를 구성하여 이곳으로 집결하고 있었다.

시간과 거리 문제로 아직 합류하지 않은 자들이 많기는 했지만, 지금 이 자리에 모인 인원만으로도 어마어마한 전력이었다.

무림 역사에 이런 전력이 구성되었던 적이 있나 싶을 정도로 말이다.

"왜 신묘와 맹주께서 사파와의 연합을 적극적으로 찬성하고 나서는지 의아한 면이 많았습니다만, 기우였습니다. 지금 모인 저들만 하더라도 우리와 크게 달라 보이지 않습니다."

"깊이 들어가면 다르겠지요. 하지만 적어도 겉으로 보이는 것만큼은 결코 달라 보이지 않습니다. 뭐… 이런 말을 하는 것조차 정파의 위신을 내세우는 것 같긴 합니다만."

태극검이 쓰게 웃으며 말하자, 혜명대사와 매화일검 역시 비슷한 얼굴을 한다.

그때였다.

와아아아-!

일월신교 무인들이 세상이 무너져라 함성을 내지르고, 그들의 사기가 눈에 띄게 올라가기 시작했다.

와아아아-!

수하들이 내지르는 함성에 웃으며 손을 흔드는 것으로 대답을 대신해주곤 미리 마련된 천막으로 향하는 교주.

최전방이라 할 수 있는 이곳에 교주가 모습을 드러냈다는 것만으로 상상을 초월하는 사기를 뿜어내는 일월신교 무인들.

하긴 그럴 수밖에 없을 것이다.

교주가 이곳에 나타났다는 것은 많은 것을 뜻하고 있으니까.

"생각보다 분위기는 나쁘지 않군."

털썩!

급하게 만들어졌음에도 불구하고 어디 한 곳 불편한 곳이 없을 정도로 화려하게 치장된 막사.

대체 어디서 이런 것들을 구했는지 궁금할 정도였다.

도착하기 반 시진 전에 연락한 게 전부였음에도 불구하고 말이다.

"일단 보고부터 들어볼까?"

교주의 시선이 어느새 천막의 입구로 향하고, 기다렸다는 듯 월각주 섬전창 벽단홍이 들어온다.

아니, 정확하게는 전 월각주라고 불러야 할 것이다.

더 이상 일월신교에 오각은 존재하지 않으니까.

그녀의 간단한 인사와 함께 시작된 보고는 얼마 지나지 않아 끝을 맺었다.

어차피 중요한 보고를 진즉에 완료가 되었고, 이곳에서 하는 것은 그 뒤의 이야기들이라 길게 할 것도 없었다.

딱히 중요한 것도 없었고.

그나마 중요한 것이라면 저 맞은편에 있는 중원 무림 연합에 대한 것일 것이다.

"어느 정도 연합을 할 줄은 알았지만 생각보다 더 빠르게 연합을 하고 있습니다. 보고에 의하면 더 효율적으로 움직이기 위해 높은 확률로 하나의 이름 아래 뭉칠 것 같습니다."

"무림맹인가…."

"예?"

워낙 작은 목소리였던 지라 그녀가 되물었지만 교주는 대답하지 않고 다른 것을 물었다.

"암문은?"

"아직 합류하지 않은 것으로 파악하고 있습니다만… 워낙 은밀하게 움직이는 자들인지라 정확하진 않습니다."

"뒤통수 맞지 않도록."

"경계에 만반을 기하고 있습니다. 이전 같은 상황은 더 이상 없을 것이라 자부합니다."

그녀의 다부진 목소리에 교주는 고개를 끄덕이며 손을 저었다.

축객령이다.

홀로 남은 천막 안에서 교주는 가벼운 손짓으로 지풍을 일으켜 천막을 밝히던 불을 일시에 꺼버린다.

휙!

앞이 보이지 않을 정도로 어두워지는 천막.

아직 낮임에도 불구하고 빛이 거의 들어오지 않을 정도로 천막은 두껍고 정교하게 잘 지어져 있었다.

"이전의 과오를 되풀이하지 않기 위해서라도 이곳을 넘어야 하겠지. 놈 역시 이곳의 중요성을 알고 있는 만큼 반드시 오겠지."

어둠속에서도 고요하게 빛나는 교주의 두 눈.

"두 번의 실패는… 없다."

그가 눈을 감으며 중얼거린다.

❖

아침에 눈을 뜨는 그 순간부터 휘는 찝찝함을 느끼고 있었다.

시원하게 땀을 흘려도, 맛있는 식사를 해도 지워지지 않는 찝찝함.

"뭘 잊고 있나?"

찝찝함을 해결하기 위해 잊은 일이 있는 것인지 샅샅이 뒤져봤지만 마음에 걸릴 정도로 급한 일은 없었다.

몸에 착 달라붙어 억지로 떨어트릴 수도 없음을 깨달은 휘는 일단 놈을 무시하기로 마음 먹었다.

하지만 그것조차 겨우 반나절을 넘기지 못했다.

찝찝함을 넘어서 불안과 걱정이 물밀듯 밀려들기 시작한 것이다.

본인 스스로 대체 이유를 알 수 없을 정도로.

"이유를 모르겠네…."

아무리 머리를 굴려 봐도 딱히 떠오르는 것이 없었다.

"움직일 준비가 끝났습니다."

마침 깨끗한 흑의 무복으로 갈아입고 방을 나서자 백차강이 모든 준비가 끝났음을 알려온다.

"천탑상회와 모용혜는?"

"정도맹으로 이동 중입니다. 남궁과 모용세가의 정예 무인들이 나서서 호위하고 있으니 어렵지 않게 도착할 것 같습니다."

"좋아. 지금은 그들을 믿어 보는 수밖에."

고개를 끄덕이는 휘.

본단을 습격당한 이후 암문에서 모든 일을 처리하고 있던 파세경이지만 이번에 정도맹으로 그 자리를 다시 옮기기로 했다.

암문의 모든 인원이 움직이기 때문에 암문에 남아 있는다고 한 들 천탑상회를 지켜줄 사람이 없기 때문이다.

그렇기에 평소 막대한 자금을 지원하고 있던 정도맹에 잠시 몸을 의탁하기로 했다. 거기에 모용혜가 살짝 섞여들었지만 별 문제는 없을 것이다.

그러니 정도맹 역시 흔쾌히 받아들이며 남궁과 모용세가의 정예들을 파견해 준 것이 아니겠는가.

저들이 극진히 대접할 정도로 천탑상회에서 흘러 들어가는 자금은 상상을 초월하는 것이었다.

"이 시간 이후 본문은 우리 이외엔 누구도 들어올 수 없도록 폐쇄한다. 모든 진법과 기관을 작동시켜."

"명."

휘의 명령이 떨어지고 잠시 뒤.

낮은 진동과 함께 암문 전체의 기운이 변하기 시작했다.

진법이 펼쳐지고, 곳곳에 만들어 놓은 기관들이 작동하기 시작한 것이다.

어지간한 수준이지 않고선 담을 넘는 것과 동시 세상과 하직하게 될 것이 분명했다.

그 모습을 끝까지 확인하고 나서야 휘는 눈을 빛내는 암문 식구들.

암영들은 물론이고 괴검과 어느새 복귀한 화소운까지.

큰 싸움을 앞두고서 누구나 빠지지 않고 눈을 빛내고 있었다.

"누군가는 다시 이곳으로 돌아오지 못할 수도 있겠지. 하지만 두려워하지 마라. 우리가 하는 것은 거창하게 무림의 미래를 위해서가 아니라… 놈들에게 복수를 하기 위한 것일 뿐이니까. 우리의 복수는 반드시 성공한다. 알겠나?"

"명!"

하늘이 떨릴 정도로 강한 외침을 들으며 휘가 소리친다.

"가자!"

암문이 중경으로 향한다.

태풍의 눈 속으로.

暗春歸還

96 章

"힘으로 놈들을 제압한다."

"존명!"

회의실을 가득 채운 이들 중 누구도 일월신교주의 말을 거스르지 않는다.

오히려 그의 말에 투기를 드러내며 강하게 대답할 뿐.

그리고 이 자리에 있는 자들 역시 힘으로 놈들을 압도하는 것을 기대하고 있던 찰나였다.

왜 그렇지 않겠는가.

이 자리에 모인 인원이 몇이고, 오늘을 기다리며 실력을 갈고 닦은 이들이 몇인가.

당연히 자신감은 하늘을 찌르고 있었다.

이런 상황에서 자잘한 계획을 세우고, 거기에 맞추어 놈들을 상대하는 것보다는, 힘으로 밀고 들어가는 것이 더 나은 선택이었다.

기본적으로 놈들보다 훨씬 더 강하게 단련된 자들이지 않은가.

못할 것이 없었다.

"지금 이곳에 모인 인원은?"

"흡수한 지역의 유지를 위해 흩어진 인원을 제외하고, 이만이 조금되지 않습니다."

"이만이라… 적절하겠군. 저쪽은?"

교주의 물음에 이번엔 다른 사내가 자리에서 일어나 이야기한다.

"중원 쪽 전력은 정도맹이 일만, 사황련이 이만. 합쳐서 삼만 정도로 추산되고 있습니다. 오차는 아래위로 일천 정도로 생각하고 있습니다."

"생각보다 적군."

"이틀 정도가 지나면 지금 모인 인원 정도의 숫자가 합류할 것으로 예상하고 있습니다."

"흠…!"

고개를 끄덕이는 교주를 보며 안도의 한숨을 내쉬며 자리에 앉는 그.

눈앞에 삼 만에 달하는 세력이 있고, 이틀 후면 두 배로 인원이 늘어나게 된다.

'한 번에 정리하는 것도 나쁘진 않겠지만….'

물경 육 만에 달하는 숫자이지만 그는 충분히 감당 할 수 있을 것이라 판단했다.

겨우 이 정도도 이겨내지 못할 정도였다면 애초에 이 싸움을 시작하지도 않았을 것이다.

'일단 몸 풀기 정도는 해주는 것이 좋겠지.'

결정을 내린 그가 자리에서 일어서며 명령했다.

"한 시진 후. 놈들을 친다. 철저히 준비하도록."

"존명!"

사기가 하늘 끝까지 솟아오른다.

검제가 막 도착했을 때, 전장의 분위기는 크게 고조되어 있었다.

아니, 정확하게는 일월신교 쪽에서 노골적으로 흘러나오는 투기 때문에 분위기가 흉흉했다.

"허! 분위기만 보면 곧 움직일 것 같군."

"오셨습니까."

"맹주를 뵙습니다!"

어느새 그의 곁으로 다가오며 각문파의 대표들이 검제에게 인사를 올린다.

본래 이곳엔 며칠 뒤에 합류하기로 했었지만 도저히 감이 좋지 않아서 결국 신묘를 뒤로하고 먼저 이곳으로 달려온 그였다.

"쯧, 다행이라고 해야 할 지…."

"예?"

갑작스런 검제의 말을 이해하지 못한 이들이 되물었지만 검제의 시선은 어느새 사황련쪽을 향한다.

아직도 보이지 않은 선을 그어놓고서 조금의 교류도 없는 그들.

사황련의 문제일 수도 있지만 검제의 눈에는 정도맹에 속한 문파들의 문제점도 적잖게 보였다.

손을 잡은 이상 예전의 감정일랑 뒤로 밀어두고 제대로 호흡을 맞추어야 하는데, 지금 상황을 봐선 그럴 수도 없어 보였다.

'역시 너무 일렀나? 그렇다고 뒤로 미루는 것이 만사 좋은 일은 아닌데… 어렵군.'

자신이 왜 맹주 자리를 받아서 이 고생을 하는 것인지 후회가 되었지만, 어쩌겠는가. 이미 자리를 차지하고 앉은 것을 말이다.

"회의를 개최하지. 자격이 되는 이들은 모두 집결시키게. 그리고 사황련 역시 마찬가지고."

"…예."

사황련 이야기가 나오자 마음에 들지 않는다는 얼굴을 노골적으로 드러내는 자들이 제법 있었지만 검제의 뜻대로 자리가 금세 만들어졌다.

빈틈없이 가득 채워진 사람들을 보며 입을 열려던 그 찰나다.

"빌어먹을! 준비할 시간을 주지 않는군!"

"예?"

"예는 무슨! 전원 전투준비! 놈들이 움직인다!"

쩌렁쩌렁-!

검제의 외침에 삽시간에 사방에 퍼지고, 회의장을 빠져나온 이들이 빠르게 자신의 위치를 향해 달려간다.

그러길 잠시.

고오오-!

일월신교 무리들에게서 뿜어져 나오던 투기가 점차 구체화 된다 싶더니 곧 이제까지와 비교 할 수 없는 압박감을 만들어 내기 시작했다.

그와 함께 분주하게 움직이는 일월신교 무인들.

이전과 확연히 다른 모습이었다.

전투를 준비하는 그 모습과 함께.

"우와아아아!"

거대한 함성을 내지르며 그들이 일제히 달려들기 시작했다.

채챙! 챙-!

푸확!

"아악!"

"컥…!"

병장기 소리와 비명소리.

그리고 피 냄새가 뒤섞이며 순식간에 평야를 붉게 물들이고 눈 깜짝할 사이에 셀 수 없이 많은 이들이 죽어간다.

그나마 검제가 빠르게 명령을 내렸기 망정이지 그렇지 않았다면 준비도 없이 두드려 맞을 뻔했다.

"물러서라! 쓸데없는 고집으로 목숨을 잃지 말고 물러서라! 물러서면서 전열을 가다듬으란 말이다!"

고래고래 소리를 내지르며 종횡무진 활약을 하는 검제.

그와 발을 맞추어 소림, 무당, 화산의 무인들이 사람들을 다독이며 빠르게 물러서게 만든다.

아니, 그들이 선두 열로 나서고 나서야 겨우겨우 전선이 유지되기 시작했다는 것이 옳은 이야기일터다.

"맹주의 뒤를 받쳐라!"

"전열을 가다듬으시오! 놈들이 강하다고 하나 우리의 숫자가 더 많소이다! 우리의 이점을 확실히 챙겨야 하오!"

"물러서라! 물러서!"

사방을 시끄럽게 만들게 한 덕분인지.

서서히 전선이 유지되기 시작하고, 제대로 버티지도 못하고 죽어가던 이들의 숫자가 눈에 띌 정도로 줄어들기 시작했다.

소림, 무당, 화산의 활약이 눈에 들어오지만 그보다 더주목을 받고 있는 것은 바로 사황련이었다.

"목숨을 아끼지 마라!"

"야이, 새끼들아! 흩어지지 마라! 익힌 대로만 하란 말이다! 쫄지 말라고!"

"부랄 있는 새끼라면, 부랄 떨어질 때까지 움직여라! 네놈들 부랄이 떨어질 때마다 우리 새끼들이 편해진다! 알것냐!"

욕설 아닌 욕설이 날아들고.

사황련 무인들은 자신들의 낮은 실력을 사파 특유의 많은 머리 숫자로 해결하려고 했다.

물론 그것이 전부는 아니었다.

죽음을 두려워하지 않고 일월신교 무인들의 발목을 붙들었다. 그렇게 붙든 다리는 죽는 그 순간까지 절대로 놓지않았다.

누군가가 놈들을 붙들면 놈들에게 달려들었다.

그 과정에서 많은 이들이 죽었지만, 반대로 많은 놈들을죽일 수 있었다.

과거 불리한 상황이 다가오면 도망치기 바쁜 모습은

어디로 사라진 것인지, 죽음을 두려워하지 않는 전사가 되어 있었다.

덕분에 일월신교 무인들조차 사황련이 만든 저지선이 있는 곳으로는 서서히 발걸음을 줄이고 있었다.

제대로 된 싸움을 벌이다 죽는 것도 아니고, 개싸움과 크게 다를 것이 없는 싸움을 벌이다 죽는 것은 사양하고 싶었던 것이다.

어쨌거나 덕분에 전선이 유지되기 시작했다.

그 과정에서 사황련 전력이 제법 날아 가버렸지만.

전선이 유지되자 겨우 한숨을 돌린 검제가 뒤편으로 물러섰고, 기다렸다는 듯 그의 곁으로 각파의 인사들이 몰려들었다.

이는 사황련 역시 마찬가지였다.

이후의 행동에 대해 답을 원하는 눈으로 자신을 바라보는 자들 때문에 마음이 불편해지는 것도 잠시.

검제는 청산유수로 명령을 내리기 시작했다.

"이곳은 포기한다. 대신 최대한 전선을 유지하면서 물러선다. 이곳에서 이틀거리쯤에서 지원군이 오고 있는 중이니, 그들이 합류 할 때까지만 버티면. 저쪽에서도 물러서겠지. 어쩌면 그걸 아니까 오늘 급습에 나선 것일 수도 있고."

"전선 유지가 가능하겠습니까? 소승의 눈으로는… 어렵다고 봅니다."

어느새 손을 들고 발언권을 얻은 혜명대사의 말에 몇몇 사람들이 고개를 끄덕인다.

당장이야 버티고 있다지만 전력의 차이는 확실했다.

이대로 조금만 균형이 어긋나도 당장 무너지는 것은 자신들이 될 것이 뻔했다.

검제라고 해서 지금 상황을 모르는 것은 아니었다.

"이대로 물러선다고 해서 욕을 먹지는 않겠지. 아니, 욕을 할 사람도 없지. 하지만 문제는 뒷일이지."

"뒷일이라 하심은?"

"놈들의 목표가 뭘까?"

"…무림일통 아니겠습니까?"

누군가의 대답에 검제는 고개를 끄덕이며 동의했다.

"놈들의 목표는 무림일통이겠지. 그리고 그 이면에는 영원한 군림이 목표일 것이고."

"그 말씀은…."

태극검이 그제야 검제의 말을 이해했다는 듯 얼굴을 찌푸리고.

"맞네. 놈들은 무림 자체를 없애버릴 생각인 거야. 일월신교라는 이름을 제외하곤 모조리. 그 어떠한 것도 남겨놓지 않겠지."

"헉!"

"그, 그게…!"

불가능한 이야기라고 생각했다.

이제까지 무림 역사상 무림일통에 가까웠던 문파들은 많지는 않지만 분명 몇 있었다.

하지만 누구도 무림을 없애지는 못했다.

잡초처럼 다시 일어나 자신들의 손으로 무림을 지켜왔었다.

"불가능하다 생각하지 마라. 놈들의 전력만 봐도 알 수 있지 않나? 놈들은 지금 진심인 거다."

그 말에 누구도 입을 열 수 없었다.

검제의 말처럼 놈들이라면 정말 해낼 수 있을 것 같았으니까. 온 몸에서 소름이 돋는다.

누구하나 빠짐없이.

"길게 이야기하고 있을 틈도 없군."

끄아아악!

말이 끝나기 무섭게 들려오는 비명소리에 검제는 자리에서 일어서며 명령했다.

"일단은 물러선다. 맹주의 권한으로 내리는 명령이니 거절은 용납지 않는다."

"명!"

"너희도 우리랑 손을 맞춰."

"알겠습니다."

사황련 대표들을 보며 하는 말에 그들은 두 말 없이 고개를 숙이곤 돌아선다.

그들에겐 이미 이곳으로 오기 전 사황의 명령이 떨어진 상태였다.

예전의 일은 전부 미뤄두고, 사파의 미래를 위해. 중원 무림의 미래를 위해 힘써달라는 명령 아닌 명령 말이다.

그렇게 그들이 다시 제자리로 돌아가고 얼마 지나지 않아 서서히 뒤로 물러서기 시작했다.

"이것봐라?"

뒤편에서 모든 상황을 지켜보고 있던 일월신교주의 얼굴 표정이 변한다.

일방적으로 밀어 붙이던 상황이 변해서 전선이 유지되는 것도 재미있는 일인데, 이젠 아예 대놓고 조금씩 물러서고 있었다.

대항하기 보단 지원군이 도착할 때까지 최대한 버텨보겠다는 의도가 눈에 보일 정도다.

"누구지? 누가 왔지?"

결국 궁금증을 참지 못한 교주가 휘경을 불러, 저쪽의 사정을 알아오라고 명령을 내리고.

잠시 뒤 휘경이 교주의 앞에 모습을 드러낸다.

"검제가 도착을 했습니다. 단신으로 예정했던 것보다 빨리 온 것 같습니다."

"검제라… 감이 좋군."

궁금증을 풀어서 기분이 좋은 듯 웃으며 주변을 둘러보는 교주의 시선이 예리하다.

"한 번에 밀지를 못하는군."

저들보다 훨씬 강한 실력을 가지고서도 일월신교 무인들은 놈들을 단번에 제압하지 못하고 있었다.

놈들이 교묘하게 차륜전을 펼치고 있다는 것도 이유가 되겠지만, 의외로 단단한 합격진에 맥을 못 추고 있기 때문이었다.

여기에 어렵게 균열을 만들어 뚫으려고 하면, 검제를 비롯한 정사의 고수들이 몸을 아끼지 않고 달려든다.

뒤에서 지휘하며 앞으로 잘 나서지 않던 모습은 사라지고, 누구보다 빠르게 앞장서서 싸움을 주도하고 있었다.

덕분에 생각보다 작은 희생으로 전선을 유지하고 있는 것도 사실.

그것이 교주의 눈에 들어왔다.

"오랜만에 몸을 움직여 주는 것이 좋겠어. 이대로 전선이 고착되는 것도 좋은 일은 아니니…."

"…직접 움…직이실 생각이십니까?"

떨리는 목소리로 묻는 휘경.

그 물음에 교주는 당연하다는 듯 고개를 끄덕인다.

"애초에 그게 목적이었으니까. 나도 몸에 낀 녹을 풀어

내야 하지 않겠어?"

웃으며 말하는 그의 물음에 휘경은 아무런 대답을 할 수 없었다.

하지만 분명한 것 하나는.

그의 몸이 경악이 아닌 전율로 떨고 있다는 것이었다.

"중원 무림이 경악하며 무릎 꿇게 될 것입니다."

"그랬으면 나도 좋지. 힘들이지 않고… 놈들의 목을 벨 수 있을 테니까. 재미있으려면 역시 발버둥 치는 게 제일인데 말이다. 그래도 검제가 있으니 나름 즐길 수 있겠지."

"검제라는 이름은 중원에서나 통용되는 것. 어찌 교주님께 비견 할 수 있겠습니까? 준비를 어떻게 할까요?"

휘경의 물음에 교주는 고개를 저었다.

"준비는 필요 없어. 이대로 움직이는 것이 제일 나을 것 같으니까. 굳이… 잔챙이들 상대할 필요는 없겠지. 난 처음부터 검제를 잡으러 간다."

"…따르겠습니다."

고개 숙이는 휘경을 보며 피식 웃은 교주가 느긋한 걸음으로 앞으로 움직이기 시작한다.

"그럼 즐겨 볼까?"

스컥!
툭, 데구르르!

또 한 명의 목을 깔끔하게 베어낸 검제는 쉬지 않고 또 다른 적을 찾아 움직이려 들었다.

그 순간이었다.

오싹!

소름이 확 돋으면서 온 몸에서 경고를 보내온다.

아니, 비명을 내지른다.

당장 이곳을 벗어나라고.

"…오는가."

걸음을 멈춘 검제의 시선이 저 멀리 일월신교 본진을 향한다.

대부분의 무인들이 빠져나간 그 자리에 몇 백의 인원이 남아 있었는데, 그들 사이로 한 사람이 나오는 것이 보이고 있었다.

확신은 아니었다.

하지만 이곳에 일월신교주가 등장 할 수도 있을 것이라 판단을 했었다.

'아무래도 자네 말이 맞은 모양이로군.'

자신이 아닌, 신묘가 말이다.

이곳으로 향하기 전 신묘가 한 말은 하나였다.

어떻게든 자들이 도착하기 전까지 버틸 것과.

일월신교주가 모습을 드러내면, 이전의 계획을 모조리 백지로 돌리고 당장 후퇴할 것이었다.

그가 아직 자신의 모습을 보이고, 그 실력을 드러낸 적은 없지만.

저 융성한 일월신교의 무인들을 이끄는 자가 약할 리가 없다는 것이 신묘와 검제의 판단이었다.

자신보다 약한 자의 명령을 고이 듣고 있을 정도로 저들이 얌전한 무인들은 아니었으니까.

'아무래도 자네와 한 약속은 못 지킬 것 같군.'

그의 등장과 함께 검제는 머릿속에서 신묘와 했던 약을 지워버렸다.

아니, 변경했다.

ㅡ지금부터 전력으로 이곳을 벗어난다. 이유는 설명하지 않는다. 맹주령으로 내리는 명령이니 지금 즉시 후퇴하여 신묘가 이끌고 있는 후속부대와 합류한다! 지금 즉시!

그의 전음이 주요 인사들에게 전달되고.

"후퇴한다!"

"2선으로 물러선다!"

사방에서 시끄러운 소리가 들려오고, 이전과 비교할 수 없이 빠른 속도로 물러서기 시작한다.

그리고 그런 이들의 뒤를 쫓으려는 일월신교 무인들을 보며 검제는 자신의 기운을 끌어 올렸다.

고오오오ㅡ!

숨기지 않고 자신의 기운을 사방에 풀어 놓는 검제!

순간 사람들의 이목이 그에게 집중되고!

우우웅-! 웅웅!

그의 손에 들린 검이 비명을 내지르는 그 순간.

쩌저저적!

그의 검이 정확히 일월신교와 중원 무림 두 세력의 사이를 가로지른다.

단숨에 치열하던 싸움을 정리한 검제.

갑작스런 일에 당황하여 서로 물러섰지만 이대로 멈출 생각은 없는 듯 일월신교 무인들이 달려들려는 그때였다.

"그만!"

우웅, 웅!

일월신교주의 단호한 목소리가 사방에 울려퍼지고.

명령과 함께 빠른 속도로 뒤로 물러서는 일월신교의 무인들.

갑작스런 명령임에도 불구하고 누구하나 불만을 가지지 않고 일사분란하게 움직이는 그 모습에 검제는 이를 악물었다.

'역시 무리였나?'

가장 좋은 방법은 신묘의 말대로 이곳에서 최대한 빠르게 도망을 치는 것이었다.

하지만 그러면 이곳에 남은 자들이 얼마나 죽어갈 것인지. 이 싸움의 영향이 훗날에까지 깊은 영향을 줄 것이란 사실을 검제는 아주 잘 알고 있었다.

그렇기에 물러 설 수 없었다.

상대가 아무리 강하다고 한들, 손 한 번 섞지 않고 도망치는 것은 결코 그의 성격과 어울리지 않는 일이었다.

일월신교가 그렇게 물러서며 정돈을 하는 동안, 검제의 명령을 받은 정도맹과 사황련 무인들은 빠른 속도로 뒤로 물러섰다.

아니, 준비가 되는 대로 이곳을 빠르게 벗어나고 있었다.

단 한 번의 충돌로 이곳에서 자신들만으로는 저들을 상대 할 수 없다는 것을 깨달은 것이다.

자존심 상하는 일이지만 이것이 현실이었다.

맹주가 시간을 벌어주고 있는 지금 최대한 빨리 몸을 빼는 것이, 맹주를 돕는 길이라는 것을 모두가 알고 있었다.

검제의 실력이라면 얼마든지 이곳을 벗어 날 수 있을 것이다.

그렇게 모두들 믿어 의심치 않았다.

단 한사람.

검제 본인을 제외한다면 말이다.

두근, 두근.

"후우…."

거침없이 뛰는 심장 박동을 느끼며 검제는 호흡을 정리한다.

"마치 무림에 처음 나갔을 때를 떠올리는데…."

이제는 기억조차 나지 않던 오래 전의 일이 새삼스럽게 다시 떠오를 정도로 온 몸이 흥분으로 떨리고 있었다.

검제란 이름을 얻고 난 이후 자신을 이렇게까지 흥분시키는 사람은 거의 없었다.

설령 있다 하더라도 목숨을 주고받는 생사결을 펼치기란 불가능한 일이었고.

분명 느낌으로, 감으로 알고 있다.

저 멀리서 느긋한 발걸음으로 다가서고 있는 청년.

아니, 청년으로 보이지만 그 속은 얼마나 먹었을지 알 수 없는 그를 자신의 실력으로 결코 감당 할 수 없음을.

'반로환동이라… 끝내주는군.'

보는 순간 알 수 있었다.

그가 전설로만 내려오는 반로환동을 거친 초고수라는 것을 말이다.

당장 그에게서 뿜어져 나오는 기운만 하더라도 보통 사람을 월등히 뛰어넘지 않는가.

덜덜덜.

검을 쥔 손에 떨리는 것을 자신의 눈으로 보며, 검제는 피식하고 웃어버렸다.

"그래 마음껏 해보자."

그렇게 검제가 마음을 다잡는 사이, 마침내 일월신교주가 수하들을 멀찍이 뒤로 물리고 삼십 장 거리에서 멈춰 선다.

작지 않은 거리지만 두 사람 정도의 실력이면 이런 거리도 코앞에서 보며 이야기하는 것과 크게 다를 것이 없다.

"그대가 일월신교주인가?"

"허… 중원에도 제법 쓸만한 놈이 있었군. 다들 썩은 생선 눈깔을 달고 다니나 했더니."

"당신 같은 이를 못 알아본다면 썩은 눈깔과 다를 게 없겠지."

웃으며 말하는 검제를 보며 일월신교주는 재미있다는 듯 웃었다.

"일월신교의 주인. 연중문이라는 사람일세."

"검제 남궁세존이요."

"재미있군. 상대가 되지 않는다는 것을 알았다면 도망치는 것이 먼저일 텐데. 저 쓰레기들을 살리자고 스스로 희생하겠다는 건가?"

"쓰레기도 쓰레기 나름 아니겠소? 나 같은 늙은이보다는 젊은 저들이 훗날 더 큰 역할을 해줄 것이라 믿어 의심치 않소."

"믿음은 때론 비열할 정도로 아프게 다가오는 법이지."

교주의 말에 검제는 고개를 흔들었다.

"그럴 수도 있겠지만 지금은 내 선택이 옳다고 믿소. 그런 믿음조차 없다면 애초에 이곳에 있지도 않았을 거요."

"그런가?"

"그보다 언제까지 말만하고 있을 거요? 당신을 보는 그 순간부터 내 몸은 극도의 흥분으로 제어가 되지 않을 정도인데."

부들부들.

보라는 듯 검을 쥔 손을 들어 보이는 검제.

그 모습을 보며 교주는 고개를 끄덕이며 내공을 끌어 올린다.

우우웅!

그그…!

내공을 끌어올리는 것과 동시 사방에서 날뛰는 기운과 흔들리는 대지.

대체 그 끝을 가늠조차 할 수 없는 압도적인 내공에 질릴 만도 하건만 검제는 교주에게 맞섰다.

쿠구구!

최강이란 이름이 결코 부끄럽지 않은 두 고수의 기 싸움에 온 사방이 요동치기 시작한다.

파직, 파직!

서로의 기운이 충돌하며 기괴한 소리를 일으키고.

질식 할 것만 같은 그 싸움의 영향권을 벗어나기 위해 양 세력의 무인들이 뒤로 더 물러선다.

짧은 대화였지만 그 짧은 시간 동안 사황련 무인들은 완전히 뒤로 빠졌고, 정도맹 무인들 역시 몇몇을 제외하곤 빠른 속도로 뒤로 움직이고 있었다.

워낙 인원이 많아 아직도 남아 있는 것이지, 처음과 비교하자면 정말 소수만 남은 셈이다.

"잘도 도망치는 군."

"훗날을 위해서라면 지금 당하는 모욕쯤은 얼마든지 견딜 수 있을 것이오."

"뭐, 그렇다고 치지. 그런다고 해서 기회가 올 것 같다는 생각은 들지 않지만."

"……."

교주의 날카로운 말에 검제는 쉽게 대답지 못했다.

당연한 이야기였다.

눈앞의 교주만 하더라도… 과연 상대 할 수 있는 사람이 있을 것인지 의심스러웠으니까.

'동귀어진의 수를 펼치더라도… 어렵겠지.'

주변의 복잡한 상황 속에서도 의외로 검제의 머릿속은 차분했다.

그리고 정확하게 현 상황을 읽어내었다.

'내가 할 수 있는 것은 최대한 시간을 버는 일 뿐. 그리고

기왕이면 중원 무림인들의 힘을 그에게 보여주는 것 정도겠지.'

꾸욱!

검을 쥔 손에 절로 힘이 들어가고.

때를 맞추어 서로의 시선이 마주친다.

"그럼 시작해 볼까?"

편안한 교주의 말과 함께.

두 사람의 신형이 순간 사라진다.

쩌어엉-!

연이어 터지는 귀를 찌르는 굉음!

굉음과 함께 사방에 퍼지는 충격파는 자칫 목숨을 잃게 만들 정도로 강렬한 것이었고, 시간이 지날수록 그 위력은 강해져만 가기 시작했다.

97 章

"보고만 있어도 되겠습니까?"

백차강의 물음에 휘는 대답하지 않았다.

아니, 대답할 틈도 없이 저 멀리서 펼쳐지는 일월신교주와 검제의 싸움에 집중하고 있었다.

진즉에 이곳에 도착하고서도 휘는 멀리 떨어진 곳에 아예 기척을 지우는 진법까지 주변에 펼치고선 움직이지 않았다.

백차강으로서도 이해가 안 되는 것은 아니었다.

처음부터 드러내놓고 움직이기 보다는 놈들에게 최대한 치명타를 입힐 수 있는 순간에 나서는 것이 훨씬 더 효율적이니까.

'하지만 지금은 아닌데….'

머릿속을 맴도는 생각이 있지만 결국 백차강은 말하지 않았다.

말을 한다 하더라도 지금 휘의 모습을 보면 제대로 듣지 못할 것이 분명했다.

'검제가 죽는다면 그 후폭풍은 쉽게 가라앉지 않겠지. 그걸 생각한다면 검제를 구하는 것이 옳은 도리이나. 과연 저 괴물에게서 검제를 온전히 구해 낼 수 있을까?'

백차강의 시선이 절로 먼 곳에서 벌어지고 있는 싸움의 현장으로 향한다.

짧은 시간 본 것에 불과하지만 결과는 참담했다.

암영의 절반.

아니, 어쩌면 그 이상이 날아가고 나서야 검제를 겨우 구해 낼 수 있을 터였다.

'그것도 운이 좋다면 이겠지.'

싸움이 벌어지기 전이었다면 몰라도 이젠 어쩔 도리가 없다.

지금에 와서 개입을 한다는 것은 엄청난 희생을 바탕으로 해야 할 테니까.

아무리 검제가 중원 무림에서 중요한 역할을 하고 있다고 하지만, 그가 죽는다면 누군가는 그 자리를 이어 받을 것이다.

그에 반해 죽은 암영은 더 이상 돌아오지 않는다.

그 어떤 방법을 쓰더라도.

'모르겠다. 지금은 주군의 명령을 따르는 수밖에.'

생각을 마친 백차강은 전음으로 자신의 생각을 주변에 알리고, 만약을 대비해 몸을 풀도록 명령했다.

저곳으로 달려갈 일이 없을 것 같긴 하지만 최악의 경우라는 것이 있지 않는가.

그때를 대비해야만 했다.

한편 수하들이 어떤 준비를 하고 있건 신경 쓸 여유도 없이 휘의 시선은 오직 두 사람에게 향하고 있었다.

인간 그 이상의 힘을 보여주고 있는 교주와 검제.

'대단하군. 대단해….'

교주의 모습을 보며 휘는 진심으로 감탄했다.

자신이 기억하고 있는 교주의 모습과 많은 것이 달라져 있었다. 헌데, 놈이 뿜어내는 기운은 자신이 기억하고 있는 것과 일치했다.

이 말이 뜻하는 바는 하나.

저 괴물 같은 놈이 더 괴물이 되었다는 것.

그렇지 않아도 감당이 되지 않았는데, 더욱 감당하기 힘들어졌다.

"반로환동이라니… 쯧!"

혀를 차는 휘.

설마하니 반로환동을 했을 것이라곤 전혀 예상치 못했다.

자신이 미래를 뒤틈으로서 일월신교의 전력이, 중원 무림의 전력이 크게 올랐다는 것은 이미 알고 있었다.

그렇기에 어쩌면 교주 역시 더 강해졌을 지도 모른다고 생각은 하고 있었지만, 그것이 반로환동일 것이라곤 조금도 예상하지 못했다.

전설로만 떠내려 오는 이야기에 불과했으니까.

'하긴 그렇게 따지면 나 역시도 믿을 수 없는 경험을 하긴 했지만….'

혈마공 3단계를 완전히 자신의 것으로 만들며 겪었던 환골탈태.

반로환동과 환골탈태.

둘 중 어느 것이 더 쉽냐고 묻는다면 돌아오는 대답은 미친놈 소리 밖에 없을 것이다.

그만큼 전설에서나 전해져 내려오는 이야기이니까.

재미있는 것은 전설로 전해져 오는 두 가지를 직접 경험한 사람이 둘이나 있다는 것이다.

'내가 저 괴물을 감당 할 수 있을까?'

드러난 모습만 본다면 충분히 감당을 할 수 있을 것 같긴 했지만, 어디까지나 드러난 모습만 이었다.

교주의 진정한 실력이 겨우 저 정도 일리 없었다.

검제 역시 마찬가지고.

그리고 그 때.

쩌저적-!

콰지직!

이제까지와 비교 할 수 없는 굉음과 함께 주변이 절단나기 시작했다.

"이제 진짜 시작인가."

휘의 두 눈이 깊어진다.

부르르!

당장이라도 부러질 듯 떨려오는 검과 그것을 통해 전달되는 강렬한 충격은 제 아무리 검제라 하더라도 쉬이 해소하기 어려웠다.

으득!

그렇기에 더욱 이를 악물고 전력으로 달려들었다.

한순간이라도 눈을 돌리면 단숨에 저 바닥의 시신이 되어 피를 뿌리게 될 것이란 사실을 검제는 너무나 잘 알았다.

'괴물. 그야 말로 괴물이구나!'

"흐… 흐흐, 흐하하하하!"

이상하게도 웃음이 터져 나온다.

위기 상황이고, 자신이 밀리고 있다는 것을 뼈저리게 느끼고 있음에도… 검제는 터져 나오는 웃음을 참지 못했다.

단언 건데 평생을 살면서 이런 감정을 느껴본 것은 처음이었다.

자신의 모든 것을 퍼 붙고 있음에도 상대의 깊이가, 그 끝이 느껴지지 않는 것은 말이다.

식은땀이 삐질삐질 흘러내린다.

몸을 움직일 때마다 흩날리는 땀이 귀찮을 법도 하건만 검제는 기뻤다.

지금 이 순간 자신은 살아있음을 느끼고 있었다.

어느 날부터인가 반쯤은 잊고 살았던 감정.

"그래, 난 살아있다! 이게, 이게 진정한 무인이지! 캬하하하!"

쩌저정!

크게 웃음을 터트리며 더욱 매섭게 검을 휘두르는 검제.

미묘하지만 이전보다 더 빠르고, 강렬해진 공세에 교주의 눈빛이 변한다.

'이제 와서 더 실력이 늘어? 안타깝군. 안타까워.'

진심으로 교주는 아쉬워하고 있었다.

지금은 자신의 상대가 되지 못되지만 이런 성장세라면 언젠가 자신을 더 즐겁게 해줄 수 있을 수도 있었다.

늦게 만났다면 더 재미있었을 텐데….

'아쉽게도 여기서 죽여야 하겠지.'

아쉬움 속에 그의 눈이 빛을 뿌린다.

당연한 이야기다.

자신의 즐거움은 둘 치고, 검제가 중원에서, 정도맹에서 차지하는 비율은 어마어마한 것.

놈을 이 자리에서 죽인다면 정도맹이.

중원 무림이 무너지는 것은 삽시간일 것이다.

그렇기에 결코 이곳에서 살려 보낼 순 없었다.

그런 아쉬움 때문에 교주는 좀 더 검제의 장단에 맞추어 어울려 주고 있었다.

마음먹는다면 오래 지나지 않아 그를 제압 할 수 있는 실력을 갖추고서 말이다.

텅!

빈 통을 두드리는 소리와 함께 검제가 신음을 흘리며 뒤로 물러선다.

짧은 순간 품으로 파고든 교주의 어깨치기를 피하지 못한 것이다.

간단해 보이는 동작이지만 그 안에 담긴 변화는 너무나 많아서 제대로 반응을 할 수 없었다.

"칫!"

주륵―.

입가로 흐르는 피를 재빨리 닦아내는 검제.

처음 검을 섞는 순간부터 검제는 교주의 움직임에 감탄

하고 또 감탄해야만 했다.

간단하게 보이는 움직임 하나하나에 담긴 묘리와 변화는 검제로서도 섣불리 파악하기 어려울 정도였고, 그것을 막아내기 위해선 자신의 모든 것을 드러내야만 했다.

'그러고서도 이런 꼴이라는 것이 문제지만.'

자신이 모든 것을 드러낸 것에 반해 교주는 아직도 여유 만만. 심지어 자신에게 맞춰주고 있는 것이 보였다.

분하지만 지금이 기회인 것도 사실.

'한 방 먹일 수 있는 기회가 있다면 지금 뿐이겠지. 나를 쉽게 보고 있는 지금이라면… 나도 기회가 있겠지.'

"후…."

차분하게 숨을 가라앉히며 다시 교주의 움직임에 집중하는 검제와 달리 교주는 흥미로운 눈으로 검제를 바라본다.

아까도 생각했지만 아깝고 또 아까웠다.

시간이 갈수록 자신이 더 강한 힘을 써야 할 정도로 실력의 증가가 눈으로 보이고 있는데, 이 자리에서 없애야 한다는 것이 말이다.

'거기에 포기하지 않고 내게 한 방 먹일 생각까지. 재미있어. 아주 재미있는 놈이야.'

"하앗!"

잠시 다른 생각을 하는 동안 기합과 함께 다시 달려드는 검제.

츠츠츠!

검제의 검이 화려한 변화를 일으키며 날아든다.

수많은 검이 하늘을 뒤덮으며 은하수처럼 쏟아져 내리지만.

투확!

교주의 주먹질 한 방에 뻥 뚫려버린다.

"흡!"

하지만 이 마저도 예상했던 것인지 실패로 돌아감과 동시 자세를 낮추더니 미끄러지듯 교주의 품으로 파고들며 검을 베어 올린다.

주먹을 내뻗는 그 순간을 노린 것이다.

"역시 제법이야. 하지만."

쩌엉!

쩌저적!

차가운 웃음과 함께 교주가 발을 높이 들었다가 내려찍는다.

정확히 검제의 검을 향해.

강렬한 충격과 함께 바닥이 갈라지고, 지진이라도 난 것처럼 땅이 흔들린다.

"크흑!"

터텅, 텅!

피어오르는 먼지와 함께 튕겨난 검제가 바닥을 몇 번이나 구르다가 몸을 일으켜 세운다.

깨끗하던 의상은 엉망이 되어버렸고, 평생을 쥐고 있었던 검은.

부르르.

교주의 발밑에 깔려 있었다.

'마지막 순간 검을 놓치 않았다면….'

으득!

이를 악물며 두려움을 떨쳐낸다.

그때였다.

쩡!

외마디 비명과 함께 교주의 발밑에 깔렸던 검이 부러져 나간다.

그 모습에 검게 죽는 검제의 얼굴.

비록 보검이라곤 할 수 없지만 평생을 함께 해 온 검의 최후에 그의 마음이 편할 리 없다.

하지만 오래가진 않았다.

적을 앞두고 있는 상황에서 사사로운 감정을 토해내고 있기엔… 적이 너무 강했으니까.

애검의 마지막이 마치 자신의 마지막처럼 느껴진다.

"이런, 실수했군."

"됐소. 어차피… 끝을 보려고 했었으니. 우리 쪽도 이젠 충분히 물러선 것 같고."

"빠르군."

검제의 말에 그제야 고개를 들어 주변을 보니, 중원 무림인들 중에 남아 있는 것은 몇몇 뿐이었다.

그나마도 발이 빨라 이곳의 상황을 빠르게 전해줄 이들뿐.

아무리 검제의 명령이 있었다고 해도 이렇게 빠르게 움직였다는 것은 적어도 일월신교의 입장에선 그리 좋은 소식은 아니었다.

그를 중심으로 무림이 하나로 합쳐지기 시작했다는 것이니까.

"아쉽겠군. 마침내 자네의 뜻대로 무림이 돌아가기 시작했는데, 여기서 끝을 봐야 하니."

"내 뒤를 이을 자들이 한 둘이 아니니, 아무런 문제도 없소."

"글쎄… 내 생각엔 그 어떤 놈이 자네 자리를 잇는다 하더라도 지금 같은 통솔력을 발휘 할 순 없다고 보는데?"

"……."

교주의 말에 검제는 아무런 답을 할 수 없었다.

분명 자신의 뒤를 이을 사람은 많았지만, 지금과 같은 통솔력을 보이는 것은… 사실상 불가능한 일이었다.

신묘가 든든히 뒤를 받치고 있지만 불안해지는 것은 사실이다.

휙휙!

머리를 빠르게 흔들어 머릿속의 복잡한 생각을 빠르게 날려버리는 검제.

"뒷일은… 뒷사람에게 맡기는 게 맞겠지."

척!

두 주먹을 올리는 검제를 보며 피식 웃은 교주가 주변을 둘러본다.

그리고.

우웅…

휙– 퍽!

멀리 떨어진 검 하나를 허공섭물로 당기더니 검제의 앞에 박아 넣는다.

"어설픈 주먹질은 그만두고, 검으로 제 실력이나 발휘하지. 어차피 상대가 되지 않는다는 것은… 너도 잘 알 테니."

"…고맙게 받겠소."

검제는 교주의 배려는 사양하지 않고 검을 잡았다.

낯설지만 검을 쥐었다는 사실 하나만으로 안정감이 든다.

어차피 검을 가리는 시기는 오래전에 지났으니, 녹 쓴 철 검이라도 좋았다.

검을 손에 쥘 수만 있다면.

고오오–!

그것을 증명이라도 하듯 검제의 몸에서 막강한 투기가 흘러나오고.

우웅, 웅!

검 위로 선명한 검강이 모습을 나타난다.

"제대로 놀아 봅시다!"

"얼마든지."

우웅!

어느새 교주의 두 손에도 강기가 맺히고.

두 사람의 신형이 얽혀든다.

콰쾅!

쩌저적!

천지번복이란 말이 딱 어울리는 싸움이 이곳에 펼쳐지기 시작했다.

겉으로는 대등해 보이지만 실상 처절하리라 만치 일방적인 싸움을 지켜보는 휘.

평상시라면 벌써 움직여도 움직였겠지만 휘는 끝까지 자리를 지키고 있었다.

이유는 하나였다.

진정한 고수들의 싸움이었다.

이런 싸움을 언제 어디서 다시 볼 수 있겠는가? 거기에 지켜보는 것만으로도 얻을 수 있는 것이 어마어마했다.

'확실히 대단하긴 해. 하지만….'

아쉬웠다.

시간이 지날수록 검제의 실력이 늘어간다는 것은 여기서도 알 수 있을 정도였지만, 그것이 전부였다.

교주를 상대하기엔 검제마저도 부족했다.

그라면 그래도 교주와의 싸움에서 어느 정도 제 몫을 해 줄 수 있을 것이라 생각했는데 그러지 못했다.

딱히 검제의 잘못은 아니었다.

그저 교주의 실력이 상상을 초월할 정도로 늘어났을 뿐.

'좀 더 지켜봤으면 좋겠지만….'

그럴 순 없었다.

자신의 욕심을 챙기자고 검제를 잃을 순 없었으니까.

검제는 서서히 중원 무림의 중심이 되어가고 있었다. 실력도 있고, 사람들을 통솔하는 능력도 좋았다.

하긴 남궁세가를 이끌었던 사람이니 좋을 수밖에.

그런 검제가 사라진다면? 사황련은 둘치고 정도맹은 혼란에 혼란을 거듭할 것이 뻔했다.

여기에 사황련과의 호흡도 맞지 않을 것이 뻔했고.

솔직히 말해서 지금 사황련과의 연대가 그럭저럭 먹히고 있는 것은 사황이 검제에게 많은 것을 양보하고 있기 때문이었다.

그런데 검제도 아닌 다른 사람이 맹주의 자리에 앉는다면 굳이 양보를 하고 있을 필요가 없었다.

검제라서 양보한 것이지 맹주라서 양보한 것은 아니니까.

다른 누구도 아닌 사황에게 직접 들은 이야기였으니 확실했다.

'문제는 내가 나선다 하더라도… 상대하기 어려운 괴물이라는 건데.'

혈마공 3단계를 완성시킨 지금에서도 교주를 상대로 승리할 자신이 생기지 않았다.

3단계를 완성시켰을 때 사실상 자신의 적수가 없을 것이라 생각했었는데, 교주를 보는 순간 그 생각이 깨어졌다.

교주는 더 괴물이 되어 돌아왔으니까.

'그래도… 어찌 버텨 볼 수 있을 것 같기도 하고….'

그렇다고 몸을 뺄 수 없을 정도는 아닌 것 같았다.

이길 순 없지만, 일방적으로 패배 할 것 같지도 않았다.

신기하지만 그것이 솔직한 심정이고, 냉정한 판단이었다.

고민 끝에 결정을 내린 휘가 자리에서 일어서자, 기다리고 있던 암영들이 일제히 자리에서 일어선다.

일사분란한 그 모습에 흐뭇해하며 백차강을 불렀다.

"검제를 구한다."

"기다리고 있었습니다."

고개를 숙이는 백차강의 몸에서 강렬한 투기가 흘러나오지만.

"싸우는 건 나 혼자다."

"…예?"

"검제를 데리고 너희는 곧장 뒤로 빠져."

"위험합니다."

"괜찮아. 어떻게든… 빠져 나올 수 있을 것 같으니까."

"……."

말없이 자신을 바라보는 백차강의 눈에서 강한 거부감을 읽은 휘가 뭐라 하려는 찰나 어느새 다가선 도마원과 연화령, 연태수.

그리고 화소운과 괴검까지.

암문을 대표하는 고수 여섯 사람이 늘어선다.

말은 없지만 보낼 수 없다는 의지가 가득한 그들의 얼굴과 눈빛을 보며 휘는 한숨과 함께 입을 열었다.

"나 죽으러 가는 거 아냐. 지금의 나라면 교주를 이길 순 없어도, 최소한 버틸 수는 있으니 나서는 거야. 지금 검제가 죽으면 중원 무림의 손실이 너무 커. 그를 잃을 순 없으니까."

"그건 알고 있습니다. 그러니 다 함께 나서면…."

"안 돼. 그건… 저 개떼 같은 놈들을 나서게 하는 빌미가 될 수 있으니까."

휘가 자신의 뒤에 가득 늘어선 일월신교 무인을 엄지로 가리키며 말하자 화령이 불만스런 얼굴로 입을 닫는다.

암영들이 나서는 순간 일월신교 무인들 역시 움직이게 될 것이다.

그리되면 제 아무리 암영들이라 하더라도 버틸 수 없게 된다.

실력이야 암영들이 위겠지만… 숫자의 차이가 너무 심하게 나고 있었으니까.

열 손을 한 손이 당하기란 거의 불가능한 일이다.

그런 현실을 휘는 냉정하게 꼬집고 있었다.

동시에 저들이 왜 이렇게 불안해하는 것인지 휘는 너무나 잘 알고 있었다.

실력의 차이도 있지만 이전 휘가 급작스럽게 사라졌었던 때를 기억하기 때문이다.

그때 저들이 얼마나 마음고생을 했던가.

"이번에는 금방 돌아올 테니까 걱정 마. 괜찮다 싶으면 뒤도 안돌아보고 도망칠 생각이니까."

"…약속입니다."

"그래."

백차강의 말에 휘는 강하게 고개를 끄덕였고.

결국 휘의 의도대로 암영들은 움직이기로 했다.

"너희는 이대로 신묘가 있는 이선으로 철수해. 발이 빠른

차강이는 숨어 있다가 검제가 뒤로 빠지면 그 즉시 데리고 움직인다. 네가 최대한 빠르게 거리를 벌려줘야 나도 편하게 움직일 수 있다는 것을 명심하고."

"존명!"

"좋아. 움직여."

휘의 명령에 잠시 머뭇거리다 곧 화영을 비롯한 모두가 빠른 속도로 이곳을 벗어나기 시작했다.

어차피 내려진 명령이고, 무사히 돌아오기로 약속했으니 그 약속을 주인인 휘는 반드시 지킬 것이다.

그렇게 믿고서 움직이는 수밖에 없었다.

적어도 지금으로선.

그렇게 암영들이 빠르게 사라지는 모습을 지켜보던 휘는 백차강을 보며 고개를 끄덕였고, 그 순간 백차강이 모습을 감춘다.

암영들 중에서 발이 빠르면서도 실력이 있는 백차강이니 검제를 데리고 무사히 신묘가 있는 곳으로 움직일 수 있을 것이다.

자신이 교주를 붙든다 하더라도 도망가는 검제를 잡기 위해 추격대가 구성될 것이 분명하다.

그것도 즉시 말이다.

그 상황에서 가장 대처를 잘 할 사람을 꼽으라면 백차강일 것이다.

쩌정!

콰쾅-!

굉음이 연신 퍼지고 있는 싸움을 잠시 지켜보는 휘.

두근! 두근!

심장이 강하게 뛰고 있었다.

그렇지 않아도 세차게 뛰던 심장이 이젠 저곳으로 달려 가야 하는 시간이 되자, 심장이 뛰쳐나오는 것은 아닌가 싶을 정도로 강하게 뛰기 시작했다.

'내가 이상해진 건가? 미치도록 기대가 되는 군.'

스스로 미친것이 아닌가 싶을 정도로 강하게 기대가 되고 있었다.

자신의 전력을 퍼부어도 이길 수 없는.

겨우 버티는 것이 가능할까 싶은 상대다.

그런데도 온 몸이 화끈하게 불타오르고 있었다. 달아오르고 있었다. 당장이라도 뛰어나가고 싶을 정도로.

"어쩌면… 끈을 잡을 수 있을 지도."

3단계를 완성하고서도 4단계를 시작 할 수 있는 끈조차 잡지 못하고 있었지만, 어쩌면 이 싸움을 통해 그 끈을 잡을 수 있겠다는 생각이 들었다.

그리고 3단계를 이룬 혈마공의 진정한 위력을 이젠 마음 껏 실험해 볼 수 있기도 하고.

그때 휘의 눈에 서서히 힘을 잃어가는 검제의 모습이

들어온다.

마침내 교주가 본격적으로 나서기 시작한 것이다.

"후…!"

길게 숨을 토해내며 달아오른 몸을 식히는 휘.

자신의 모든 것을 쏟아 붙되.

결코 목적을 잃어선 안 된다.

"가자!"

파앗!

휘의 신형이 날아올랐다!

〈10권에서 계속〉